序

这本书分上下编，共收录数百首旧体诗词，上编作者基本都是北京景山学校初中六、七年级的学生。下编作者是景山学校学生家长，以及随我学习后进行诗教实践的学生代表——深圳市南山区南海小学的学生。他们的成果是景山诗教实验在社会上影响力的一个缩影。

说到诗教，时间要回溯到 2010 年。从那时开始，因为一些事情的影响，我突然决定在学校推行诗教。经过一段时间的酝酿和准备，2011 年，在送走所带的初三毕业班，接手一个新的六年级后，我开始着手对这批孩子进行诗词创作教学实验。实验开始前，我做了调研，发现这些学生对诗词的了解约等于零，除了能背二三十首小学古诗词外，其他一概不知。于是，我就从基本的对联知识讲起，到押韵，到格律，到意象，到章法……我们班的作业开始出现"完成下列对联""周末作业：五言绝句一首，韵脚不限，主题咏落叶"……现在回想起来，真要感谢那批家长，他们从未因为有这样一位特殊的老师，总留一些和考试无关的作业而向学校反映。相反，他们还会把孩子们外出游学、出境旅游中创作的稚嫩诗歌发送给我，请我点评。更有甚者，自己也加入跟我学习作诗的行列，作者之一祁烽先生就是其中最杰出的代表。祁先生是这部诗集中祁晟同学的父亲，其工作内容完全和诗词无关，但依然热心向学，不厌其烦地推敲着平平仄仄……短短两年，他诗艺大进，在儿子考入北京大学后，赋诗一首鼓励他潜心向学，心怀苍生。我笑言这是古人之风。除了景山学校的学生家长，我的诗教实验还走出了北京，在贵州、广东、山西、湖南等多省市开花结果。例如深圳的李华伟老师，就在任教的小学开展诗教，孩子们写出的诗句清丽可爱，灵性十足。

就这样，在学校的包容、家长的配合、我的引领下，很多家长、老师，还有孩子们的诗心被一点点唤醒。他们会在下雪时，不自觉吟咏出"花殇忽复止，皑皑古都留"的句子，会在游览杜甫草堂时发出"暮色草堂春，花阶静无尘。一阕秋风曲，千秋卓荦人"的感慨……

我相信，在这个时候，孩子们的内心是和自然融通，和古人相接的。南朝钟嵘在其所撰写的《诗品》中曾说："气之动物，物之感人，故摇荡性情，形诸舞咏。"又云："若乃春风春鸟，秋月秋蝉，夏云暑雨，冬月祁寒，斯四候之感诸诗者也。……凡斯种种，感荡心灵，非陈诗何以展其义？非长歌何以骋其情？"林语堂先生也在《吾国与吾民》一书中满怀深情地说："诗歌教会了中国人一种生活观念，通过谚语和诗卷深切地渗入社会，给予他们一种悲天悯人的意识，使他们对大自然寄予无限的深情，并用一种艺术的眼光来看待人生。诗歌通过对大自然的感情，医治人们心灵的创痛；诗歌通过

青毡集

王海兴 编

景山学校诗歌部成员 著

海豚出版社
DOLPHIN BOOKS
CIPG 中国国际出版集团

图书在版编目（CIP）数据

　青毡集 / 王海兴编；景山学校诗歌部成员著. —
北京：海豚出版社，2021.8
　ISBN 978-7-5110-5542-2

　Ⅰ . ①青… Ⅱ . ①王… ②景… Ⅲ . ①诗词—作品集
—中国—当代 Ⅳ . ① I227

　中国版本图书馆 CIP 数据核字 (2021) 第 074786 号

青毡集

王海兴　编　景山学校诗歌部成员　著

出 版 人　王　磊
策　　划　杨振宇
责任编辑　张　镛　郭雨欣
装帧设计　周含雪
责任印制　于浩杰　蔡　丽
法律顾问　中咨律师事务所　殷斌律师
出　　版　海豚出版社
地　　址　北京市西城区百万庄大街 24 号　　邮　　编　100037
电　　话　010-68325006（销售）010-68996147（总编室）
印　　刷　廊坊市印艺阁数字科技有限公司
经　　销　新华书店及网络书店
开　　本　880mm×1230mm　1/32
印　　张　7.75
字　　数　133 千字
版　　次　2021 年 8 月第 1 版　2021 年 8 月第 1 次印刷
标准书号　ISBN 978-7-5110-5542-2
定　　价　55.00 元

享受简朴生活的教育，为中国文明保持了圣洁的理想。它时而诉诸浪漫主义，使人们超然于这个辛勤劳作和单调无聊的世界，获得一种感情的升华；时而又诉诸人们悲伤、屈从、克制等感情，通过悲愁的艺术反照来净化人们的心灵。它教会人们静听雨打芭蕉的声音，欣赏村舍炊烟缕缕升起并与依恋于山腰的晚霞融为一体的景色，它教人们对乡间小径上朵朵雪白的小花要亲切，要温柔，它使人们在杜鹃的啼唱中体会到思念游子之情。它教会人们用怜爱之心对待采茶女和采桑女、被幽禁被遗弃的恋人、那些儿子远在天涯海角服役的母亲，以及那些饱受战火创伤的黎民百姓。最重要的是，它教会了人们用泛神论的精神和自然融为一体，春则觉醒而欢悦；夏则在小憩中聆听蝉的欢鸣，感受时光的有形流逝；秋则悲悼落叶；冬则'雪中寻诗'。在这个意义上，应该把诗歌称作中国人的宗教。"

透过这些文字，我们可以肯定地说，诗歌绝不是很多人眼中的休闲人的玩意儿，因为它本身就是一种综合美——声律之美、意境之美、情感之美。它和人的人格教育、人文教育有密切的关系，代表着高雅、净化。孔子提倡诗教，正是想通过诗来养成人格，让社会风俗纯美，成为君子的社会，这就是中国诗教的内涵所在。

后来，因为被学校临时抽调编写校本实验教材，第一批诗教实验的学生我只教了一年半。我今天写下这段文字时，距离他们用稚嫩的笔写下第一行诗已经过去六年多了。他们当中，有些人已经留学海外，在校的孩子也都升入了高三。他们以后，我又带过一个实验班，之前经验的积累，让我的诗教实验更加得心应手，孩子们的变化也更加明显。本集中绝大多数的作品都出自这批学生之手，个别作品是我后来组织的天籁诗社学生社团成员的。有些作品质量不错，也有一些质量很一般，甚至问题严重，比如，《平水韵》和《中华新韵》混押、句意含混等。对于这些作品，我不做任何调整，因为原生态的作品更能体现实验的印迹，以及孩子们的成长历程。

第二批学生，我也只带了两年，就又把他们交到了其他老师手中。

就这样，虽然实验的时间很短，但总体而言，两批学生的实验已经让我看到了诗教的巨大价值。时至今日，当我整理这些孩子当年上交的作业的时候，眼前浮动的依然是一双双灵慧的眼睛、一颗颗跳跃的诗心。我因此悟到一句话，后来在全国各地宣扬诗教，进行讲座时总会提到：

"我们是屈原的子孙、李杜的后裔，我们中国人的血液里有着天然的诗歌因子。作为老师，我们要帮助孩子们去唤醒诗心，让它引领我们去感受生活的丰富、自然的魅力。"

在传统文化复兴命运起起浮浮、西方文化强势进入

4

的背景下，我总会想到《晋书·王献之传》中的一段话：
"（献之）夜卧斋中，而有偷人入其室，盗物都尽。献之
徐曰：'偷儿，青毡我家旧物，可特置之。'群偷惊走。"

是的，有一块青毡，已经留在我们共同的家园很久了，
从先秦、两汉，到唐宋元明清，哪怕日月流逝，山河改易，
我们都应该去珍惜它，传承它，因为那是我们的旧物。

因为这个原因，这部诗集的名字就叫《青毡集》。

王海兴

2019 年 10 月

目录

上编·第一卷

五言绝句

悠闲

刘政佐

葭苇清湾立，摇摇竟日闲。

坐看林郁处，数鸟入云间。

闻笛

刘政佐

霜竹吐清幽，缠绵意不休。

风花云雪月，并作一杯秋。

夜望满月

丁兆天

云间星斗色，如泪缀衣襟。

寄语团圆月，多情照故人。

观温室花

丁兆天

争此看奇花，人间五色霞。

一生温室里，帘外即天涯。

诗牌雅戏得诗

丁兆天

古亭新雨后，翠柳立溪痕。

草色烟光处，花开故友门。

金鞭溪

丁兆天

绿树临湖石，夕阳下小河。

徘徊当此侧，归路几年过？

晚景

丁兆天

蝉咽点残花，枝摇落叶斜。

萧萧人不见，一雁没烟霞。

春夜

隋晓娜

清凉一盏茶，静坐独听蛙。

蓦地倾盆雨，谁怜满地花。

山坡游玩

隋晓娜

红桃一苑开，曼妙燕飞来。
排闼陶然去，凭谁唤不回。

长沙春雪

隋晓娜

风雪在长沙，三春不见家。
出门东向望，涕泪堕飞花。

幽香阁

谭乐之

秋风吹柳乱，落雨洗花斜。
静坐香亭里，闲听古树鸦。

梅

谭乐之

大雪纷纷落，寒梅隐隐开。
幽香飘四野，不与众花来。

无题

田佳雯

秉烛星河寂，汀边月色凉。

孤山松子落，冷暖入愁肠。

午夜观街

吕雷祎一

车行动月光，人影过如江。

夜静通衢寂，桐花分外香。

嫦娥

吕雷祎一

良宵清露夜，披发揽明光。

应悔偷灵药，云山回望苍。

山中闲步

吕雷祎一

竹喧摇日影，黄鸟漫林荫。

但觉啼声好，不知何处吟。

山晨

吕雷祎一

平湖山有际，棹起水生烟。

清露凝松韵，朝云簇日前。

春

闫宏晞

四月春风暖，红英绿草间。

潇湘鸿雁早，飞舞碧波前。

春

魏羽龙

雾隐天星暗，风寒树影霜。

春来冬未已，归雁过新篁。

别友

王兆琦

挥手骊歌远，苍凉对影孤。

送君归故地，皓月伴前途。

山中古寺

王兆琦

古寺苍山里，黄沙林上号。
不看人世苦，独见寺庭高。

红叶

黄本真

解落枝头叶，风吹四海家。
飘零休怨望，暖意送天涯。

红叶

霍信沄

昨夜秋风至，今晨霜色寒。
欲知枫叶色，红在万山间。

公园即景

李璐佳

薄雾迷枯木，清风唤早芽。
明朝冬且尽，落叶化春花。

中法建交五十周年观龙马逢雾

李璐佳

静夜观龙马，繁灯缀夜空。

喧嚣犹未尽，薄雾已朦胧。

蛇年除夕清洁工

单佳唯

赤蟒光中去，金驹踏夜空。

欲知红屑处，苍发媪翁功。

遣怀

胡金平

自弃江湖远，非关岁月焚。

迢迢寥落绪，不尽野田云。

小景

赵博晖

山谷青云隐，湖莲小雨浓。

林间啼雀鸟，亭下睡渔翁。

古刹清晨

林书宇

雾绕青山晓，烟霏古寺春。

晨钟惊睡鸟，路遇砍柴人。

画

林书宇

高山隐远雾，翠柳映低流。

短笛横牛背，林间古寺幽。

风

王土悠悠

卷起千层浪，吹来万里云。

倾颓门外树，其叶竟何寻？

浅春

王土悠悠

暖雨湖波皱，桃花开欲燃。

远歌萦蔓绿，清景最堪怜。

作诗

王土悠悠

昼冥接夜思，搜箧觅清辞。
不肯袭他作，何人似我痴。

南美深夜望海滩

丁子弋

椰树惊风影，涛声向晚寒。
家人分几处？归梦五更残。

夏夜

丁子弋

夜半人声静，庭中满月华。
修竹摇碧影，蔷薇一树花。

观史

孙晨晔

窗外雨潇潇，夜同知己聊。
正逢观宋史，共话破金辽。

怜春

孙晨晔

果然春期短，偏知别绪长。

转眼清明近，如何不断肠？

小景

牛润萱

树影横阡陌，游鱼弄水娇。

芊芊花欲落，莫放雨潇潇。

赠嘉润

牛润萱

别离花欲落，再见雨凄迷。

试问君知否？重檐孤燕啼。

闻琴

李庐轩

素手开金玉，柔荑弄影寒。

谁知七弦上，思意渐阑珊。

晚读

刘梓熙

向晚霞光去，东方月渐明。
庭前风落叶，相和读书声。

雪

郭雨桐

窗外纷飞意，门中暖意来。
今朝休畏冷，踏雪觅红梅。

夜独立

朱婷宇

落日孤城静，闲云淡月迟。
千山拦意绪，万缕绕情痴。

寻春

郑瑞晨

四月风初暖，三更夜复凉。
寻春何处去，归路竟何长！

春

温桠淳

雨淡杏花羞，黄昏坐晚楼。
眼前春色在，莫话少年愁。

小景

温桠淳

野花横细汀，日暖葩新生。
麦浪飞蝉唱，绿窗人睡轻。

初春

周言汀

深冬枝馁瘦，嫩柳雨将肥。
最是韶光里，轻衣带絮飞。

风

翟默轩

来时花影动，去日不留痕。
酷夏惊凉爽，冬来竞闭门。

争春

田小天

花开青草慕，柳绿碧波惭。
争艳谁家子，春风绕玉簪。

静风

田小天

风静人初觉，花摇草叶飞。
花飞终有信，故友归不归？

苦吟

戎梓樾

他乡初到时，疏戏喜吟诗。
美景穿帘入，此心独不知。

风景

戎梓樾

青山环众客，海水作蓝绢。
舒眺临峰顶，微风拂柳翩。

春日
周子睿
庭前芳草绿，暖意送和风。
夜雨无声落，春花明日红。

春夜
刘晋成
空由星月缀，春共碧溪长。
一叶微风落，舟栖两岸芳。

青碧思
吕若晗
寒冬忧竹老，盛夏盼花长。
碧雨连城日，青萍又满塘。

山景
吕若晗
飘飘风起袖，淡淡雨如烟。
彼岸林篁翠，潭清流碧毡。

江南

王承露

青溪浮棹影，涧谷诵童谣。

雾色潇潇雨，撑篙过虹桥。

暮色

王承露

石桥浮落花，碧水映残霞。

扫径迎宾客，窗前共品茶。

双鸟

刘晨

葱茏千树色，重叠万枝春。

双鸟看花尽，楼前夸向人。

游巴厘岛

刘雨桐

船轻扬白浪，海澈望如空。

鱼戏微漪外，人闲入画中。

春日

王艺霏

山花红似火，春草绿如油。
叶底鸣黄鸟，花间舞彩绸。

秋景

潘祉宇

寒风吹槛外，旭日照高台。
枫树凝红露，春光处处来。

秋颂

张煜泽

天清江水碧，果硕正压枝。
落叶随风舞，孰言秋意悲？

忆友人

杨婷瑄

雨中观白莲，思起故人篇。
松影飞黄雀，清音自可怜。

野草

王朝玉

初生碧玉芽，不惧万千花。

乱野丛生立，迎风缀晚霞。

黄石公园

李思睿

林间飞瀑鸣，夏景共寒冰。

山色黄岩最，神工天地成。

七言绝句

春花

杨景一

东风一夜发新芽，细雨缠绵润嫩花。
不要人夸颜色好，京城三月斗朝霞。

梅

杨景一

天寒欲觅归家路，忽异暗香何处来。
路转溪桥惊奇丽，梅花带雪向阳开。

秋景

王天诚

金秋高远雁双飞，古木参天柿子肥。
尽览千山红叶美，沾衣飘落送人归。

湖滨早春

王天诚

湖光潋滟望行人，青草离离踏锦茵。
何处寻花休借问，东风吹过满城春。

街头戏作

王天诚

春满花枝翠鸟啼，猫鹰树下两相栖。

风吹毛动猫不动，云过影移鹰未移。

夏夜

王承露

星辰月色映湖清，不见浮萍玉镜明。

荷里船家低奏唱，扁舟过处洞箫声。

竹楼

王承露

月照溪间小竹楼，轻吹古笛画屏幽。

今宵不诉闺中怨，把酒高歌岁月流。

赏春

隋晓娜

流莺隔叶正传情，竹影邀花向日倾。

闲坐小窗歌一曲，春光不负万年名。

观神女峰

林书宇

蜿蜒九水绕神峰，耿耿银河落谷中。
墨客愚氓皆驻足，嗟乎山水秀峥嵘。

江畔暮色

林书宇

落日余晖霞照晚，湖光似镜映青山。
轻舒鱼跃悠然态，阵阵清风送小船。

早春见雪缀校园廊中小树

江依兰

纤枝赭叶初芽短，白雪蓝空日影长。
奇绝君看三月里，冬春双景汇长廊。

紫玉兰树

江依兰

挺立窗前不浅俗，芬荣紫蕾引莺雏。
寒时不与凡樗异，一日霜消似画图。

扶桑小曲

江依兰

日暮残红待万星，桑阴草里立蜻蜓。

儿时午梦曾相遇，不见当年遍野樱。

见同学闲谈春光中有感

江依兰

少女齐牙弄粉唇，闲谈碎叙尽绯闻。

元知美景流如水，不读名篇待哪辰？

观雁有感

江依兰

留学者与日俱增，余或将为其一；若改国籍，莫改民族情！

雁去衡阳复北归，昔时水泽故低飞。

人行四海家能改，赤子浓情未可非！

花季

江依兰

漫野皆看妩媚春，桃花此日到衡门。

多情燕雀轻轻语，莫道清明欲断魂。

甲午除夕贺王师海兴

祁晟

飞身跃马过年关，羊角扶摇万仞山。

莫使吾师空劳悴，鸿鹄振翅负青天。

秋意

祁晟

径若游丝岭若绸，苍苍松柏满山丘。

红枫莫叹无寻处，一叶衣边已报秋。

晚春

刘梓熙

纤枝嫩柳忽含绿，片片桃花已盛开。

风露休悲春意晚，一帘光影入诗来。

清明

陈语涵

春来四月新芽绿，又向郊原忆远游。

雾雨蒙蒙天洒泪，千家万户正生愁。

暮春见百合花开有感

刘天予

东风袅袅移云影，百鸟争鸣竞斗奇。
玉魄香姿生异彩，谁怜飘落化春泥。

咏史

丁兆天

从来大业良臣建，舍命忠君弓鸟藏。
一笑飘然林下隐，且留来者作评彰。

圆明园感怀

丁兆天

杨柳春风松溅泪，远山雾霭撼余波。
残垣水法劫痕在，万古仁人总哭过！

太昭古城

丁兆天

云雾闲闲怪石堆，波涛阵阵撼山开。
尼洋河上好风景，极目还需上古台。

秋意
丁兆天

寂寂秋峦坐雨间，词人孤立对衰颜。

夜来鸿雁皆归去，松柏凋伤泪已潸！

这边风景独好·农职院诗六首
丁兆天

其五·畜牧园

无边芳草碧青萝，万里晴空鸿雁过。

戏问鸡豚牛马士，我同金黍貌如何？

拟羁愁
丁兆天

烟江带月露含山，杨柳依依落日间。

江汉行人空对酒，一怀风雨醉乡关。

无题为某事而感，援出韵不改
丁兆天

功业由来岂奉先？当时哂笑斗鸡篇。

长城道济终先毁，聊看云台画马援。

江南行

钱迹夫

瓯江水畔几行人，意远情浓贵且真。
青鸟斜飞微翠入，堪怜最是江南春。

春花

江俞璇

绢丝翠玉芳菲艳，落絮沾香浸满池。
三月韶光无限好，仙姿鸿影莫来迟。

立春见雪

江俞璇

睡眼惺忪觉室明，观窗乍喜雪飞楹。
中天簌簌如琼玉，素裹银装绘帝京。

湖景

江俞璇

薄雾茫茫苍景空，龙潭水远与天同。
乌鱼揽翠烟波动，白鹭高飞清气从。

三顾茅庐
刘政佐

三顾冬风雪亦深，云山临海迹难寻。
隆中绝对平天下，先帝难全振汉心。

霾三首（其二）
刘政佐

禹域春归江水翠，桃花落雪沐真纯。
可怜白日空犹月，纵取千觞不复元。

春山游
谭乐之

石缝清泉鸣处处，溪头古木又新芽。
野芳仄径无人赏，开到深山处士家。

夜雨
谭乐之

入夜千家皆静寂，忽闻窗外起狂澜。
枝飘叶落何人惜，雨尽花枯一夜间。

听雨漫步

谭乐之

东风带雨润春耕，明月携星荧夜城。

擎伞悠行香郁处，静听露雨打花缨。

捕蚊

王土悠悠

惊闻鹤唳擎灯起，却是飞蚊逐影来。

挥掌急击如破竹，红云片片指间开。

夜

赵博晖

清清珠露映荷间，镜面池亭几睡莲。

月色一篮装不满，春风无语叩竹帘。

杜甫草堂

赵博晖

谧谷寒筠空蕙帐，幽林梅暗静茅堂。

少陵归去谪仙死，从此诗园变大荒。

春

张铠文

风扶绿柳轻扑面，水淌残冰顺带寒。

一角迎春开似锦，无名野草绿群山。

秋游密云水库

张铠文

远望天山绿共蓝，微风轻抹水兴澜。

凭君莫话湖深浅，一去此潭谁映山？

郊外杂兴

张铠文

翠草青青雏菊丽，金黄银杏叶成林。

稚童绿毯追风走，田老园中摘果勤。

十一月十二日六和塔

张铠文

胜日晨攀六和塔，钱塘江水势如龙。

光阴几度青山改，惆怅人间事事同。

赏雪

袁千涵

寒风拂雪落庭檐，喜看霜花入眼帘。
白絮飘飘何处去，原来仙境是人间。

观黄果树瀑布

袁千涵

慕名来此众山间，万马忽鸣势破天。
一脉银河天地挂，方圆百里起轻烟。

山林

戎梓樾

深山庙隐晚钟鸣，远望群峰雾锁亭。
蛱蝶春芳留恋舞，竹溪写入眼帘青。

游新加坡

戎梓樾

腾空赏景作飞仙，碧水无垠绕岛边。
静海倏然波浪起，中流箫鼓过楼船。

早春行

戎梓樾

闲时最爱水流长，三两黄莺唱篱旁。
薄雾休藏春色美，小园花径染衣香。

早春

滕子璇

风携落雨双归去，露润初芽向日开。
半水半冰压不住，新花新木尽开来。

春日即景

韩昊

杏云梨雨含胭涩，万态千姿媚比仙。
蜂蝶几处争红绿，翩然来舞小园前。

官渡之战

王一芃

建安乱世枭雄立，官渡袁曹百万兵。
子远才高何不用？三公四世一朝倾。

春意

吕若晗

红花绿柳池中映，白燕黄鹂枝上鸣。

自是东风来太缓，故将啾语作春声。

归家晤旧友

吕若晗

九夏还家暑屋凉，瓜藤绕枕梦新妆。

田边又续金兰乐，深情长似芷兰香。

有感

吕若晗

兰蕙香存翠叶残，晨兴出户荷锄难。

篱边待续他年乐，痴立吟诗却忘寒。

月

贺天新

凭栏启袖琼楼雪，曳地清辉满桂枝。

料得嫦娥心爱玉，重云舞破送琳瓷。

即景

贺天新

平川万里江南路，日日轻风柳伴薇。

偶见红荷含青莲，忽平又落断魂飞。

秋叶

刁孟瑜

层林幽处叠红乱，万叶惊飞意近殇。

未晓他人莞尔笑，小亭思罢自悲凉。

思友

刁孟瑜

絮满晴空雨意柔，风摇落叶水悠悠。

流年知己同来此，闲话当年不系舟。

滑雪

刘昕宇

晓翻琼花三尺溅，风驰电掣雪耕天。

穿梭流转急停处，回望山巅几缕烟。

排球联赛

刘昕宇

晴空朗朗骄阳照，呐喊声声震欲聋。

摩拳擦掌人待发，凌空一扣共争雄。

瀑布

李璐佳

潺潺泽水迎风落，朵朵涟漪缓绽开。

若问清泉何处降？晶莹细缎自天来。

垂柳

潘浩然

柳树新芽绽浅黄，迎春花瓣照篱墙。

垂条未比繁花艳，却引诗情万丈长。

画

潘浩然

金波荡漾黄舟映，绿树飘摇赤榭藏。

水畔忽传何人笑，帆舟半现捕鱼郎。

清明有感

马博轩

墓草青青烟柳长，啾啾燕雀话凄凉。

重山四顾无人影，惆怅残碑落夕阳。

夜中不寐

何春望

中夜惊闻鸟独啼，无心向睡共墙栖。

朝阳弄彩何人看？惆怅人间情谊凄。

杂感

杨济辰

烨烨华灯映古城，时闻遥巷踏歌声。

年年佳日年年见，旧友天涯各自惊。

早春劲风而花不落

庾湫镤

玉兰方吐蕾如玉，野草青青又满沟。

忽得狂风吹欲折，繁花清影灿枝头。

寒春随想

庾湫镆

三月天寒衣不暖，东君惆怅复来迟。

读书莫待花开日，一岁光阴正此时。

红酒煮梨

张知远

血染银袍霞满天，烟波翻卷斗龙潭。

平心待得炉声静，一样醇梨蜜似甜。

立志

孙晨晔

乐里含悲度数年，谁人空怅奈何天。

元知俯仰成今古，何不留诗千百篇？

辞岁

温桠淳

少遇欢歌不夜天，神州此日料无眠。

高楼纵目皆灯火，扰得蟾宫捣药仙。

饮茶

温桠淳

玉魄无茶自有香，瑶池谁染芰荷裳？

无穷碧色纷摇落，并作清波一味凉。

月夜

温桠淳

薄衣难耐此宵寒，素女青娥斗阑干。

最是经喉无再酒，将斟惆怅欲留难。

夜独望

李庐轩

夜挑孤灯独望江，西窗清月冷如霜。

银辉映叶随风舞，片片玲珑湿锦裳。

初春

李庐轩

静赏窗葩素璨绵，远山林草透寒烟。

寻梅踏雪深山处，二月冰天露素颜。

春到京华

周言汀

燕雀喧喧春有声，繁花照眼碧波明。

一天风色一天雨，一瓣杨花一寸情。

春景

王兆琦

冬景沉沉碧水盈，杨花落落满京城。

冰融雪释轻风起，叶展花开大野明。

水仙

刘奕然

一自瑶台落玉盆，含苞几度待新春？

迷离月下纤纤影，不效桃花媚世人。

秋景

牛润萱

丛叶依稀鸟雀声，池塘寥落柳垂藤。

登高远望西风色，处处红霞漫谷生。

京城雾霾

李龙飞

远望京城雾似云，烟尘障目扰民纷。

何时此地东风至，化作春光绿意深？

游绿沙滩有感

丁子弋

掩日黄沙尘击面，黑崖滩冷浪滔天。

人生至此知天巧，更信风光共险连。

清明二首（之一）

刘菁玮

又见清明骤雨敲，桃花落寞带风飘。

春英应晓离枝苦，故逐箫音似晚潮。

清明二首（之二）

刘菁玮

雨后枝头复见芽，遥闻深巷响琵琶。

伤春意绪应堪慰，几点月华透碧纱。

夜

徐天翼

月光岑寂无多物，木叶飘飞静有声。
客至门前何必问，前时旧友与清风。

春寒

刘旭峰

未把棉衣换短衣，凭轩静待日高移。
前年彩卉摇风影，今朝初见草萋萋。

北宫红叶

刘旭峰

今秋枫叶红如火，赏鉴难逢绝妙时。
绚丽北宫车似水，西风吹落几人知？

清明祭扫

魏羽龙

朝露沾衣天雨泪，风刀岁剪话春寒。
衰茎枯草终堪碧，一隔阴阳竟底还？

寻友

梁以然

空羡昔人寻旧友，时为泛棹子猷游。

年年老友年年见，雪后清溪孰弄舟？

旧友

启纪

冷雨秋风枯叶落，白墙黛瓦暗香燃。

苍茫独见孤鸿去，惆怅故人何日还？

思

戴时雨

月下杨花情欲渡，留诗案上待何人？

曾知闹市繁华处，泣语轻消没乱尘。

祭扫

王允文

静宓笼天天矍铄，蒙蒙晨露坠萝丝。

三年泪润坟前柳，又是杨花坠落时。

忆春

王艺霏

柳絮随风扬万里，桃花带雨色芬芳。

只今春去花何在？又是深秋遍地霜。

画中鸟

白雨辰

绝羡园中飞鸟趣，且怜画里鸟唯安。

常闻画外人此议，怎晓图中鸟亦欢。

杂感

王沛

孤灯只影立彷徨，小径枯藤几度霜。

雨骤风狂终有尽，碧海云天待我翔。

溪边漫步

倪子昂

点水蜻蜓荡碧涟，石桥舟过隐荷间。

垂丝柳系人不去，戏蝶流连去复还。

土楼

倪子昂

南城好雨乱飞花，永定和风入润茶。

老木云楼苍岭现，乡音古韵到谁家。

夏日绝句

倪子昂

墙头微雨叶飘稀，暖燕登枝落紫泥。

灯火谁家炊雾袅，斜光晚影一清啼。

钱塘湖春行

倪子昂

霏霏晴雨寒江露，云影波光愁乱绵。

舟隐钱塘春色景，荻花杨柳醉桥边。

独登牧野·天问

倪子昂

青天远野对长歌，曲径烽烟淡梦河。

共渡远疆风雨雁，无心车马独来过。

独登牧野·星夜

倪子昂

云海无涯曾几渡？碧川飞雪淡霜尘。

江天明月无相照，浊酒杯光饮月辰。

泊湖上晴雨闲作

吕雷祎一

暖日花城萍水逢，青山一脉影相重。

黄童老叟乡音异，清夏船头旅意同。

路漫漫记山长水阔

吕雷祎一

道道霞光照细波，云横万里笼天河。

长风夜色山如兽，画卷江南水作歌。

上编·第三卷

五言律诗

清明抒怀

温桠淳

四处鹅儿柳，三绢花底愁。

蛮笺留墨迹，柔荑卷银钩。

误曲无人顾，长歌带泪收。

怅然归晚照，猊雾绕妆楼。

春游

王允文

往日游芳苑，嫏嬛似有踪。

盈溪双白杏，倚壁几红松。

天妒琅玕色，年随玉霓空。

今昔迷翠径，徒问影何从。

春日暇感

江俞璇

别时初柳绿，惆怅意难休。

晚雨青烟冷，朝华小径留。

笙歌吹未散，画角尽言愁。

日日樽中酒，何人共与游？

闲居

林书宇

雨打荷塘悦，青青竹笋长。

吟诗持古卷，谱曲绘华章。

琴韵来天外，烟霞绕枕旁。

人生轻似梦，鸟语落花香。

游三峡山水（其四）

丁兆天

昔日游山水，今朝忆雄奇。

古今凌甲赤，天下绝门夔。

蜀道难孺子，云端度义师。

壮哉侠士气，何碍死生涯。

冬夜杂感

丁兆天

初冬风夜黑，只影步街头。

枝叶交相舞，黄沙更与浮。

人行皆掩面，猛犬蹿无留。

钟子期不见，哀哉我心忧。

落叶

丁兆天

秋心何处歇，落叶雨萧萧。

深浅空中去，短长地上飘。

漫行心转戚，举酒怅无消。

此物谁摇下，心魂载载销。

黄昏

丁兆天

残云风卷地，日夕半凭山。

眼望升红气，立身见紫天。

雁鸣飞昼夜，霞去染坤乾。

日日黄昏有，何人惜逝年。

恙中咏冬木

丁兆天

东风日日留，枯木落悠悠。

汲力多经夏，繁昌好度秋。

悬梁高士学，秉烛古人游。

苏秦才气盛，刺骨又何愁。

游三峡山水（其七）

丁兆天

西霞吞日罢，火雾满江钦。

黑气笼山岳，皎光照柏林。

春秋江作赋，花月夜来吟。

佳色鸣青鸟，山风入领襟。

寄友

丁兆天

日月交行者，与君处处违。

何人悲画扇，几度看霞晖？

鱼脍秋风念，梅花雨季肥。

同君一杯酒，不乐尽来挥。

寄友慰怀

丁兆天

残云飞去雁，孤木落寒霜。

坠日喧嚣夕，寒光焰火梁。

百川东已尽，独月西有芒。

不见庄周子？道山莫断肠。

迁居

丁兆天

家中闲物少，择取到明晨。

故剑情何在？同袍义最深。

椟藏三弃笔，泪落百沾巾。

复见清风月，玄穹照远人。

冬雪赠诸友励志

丁兆天

碧草冬阳壮，青松白雪丰。

遥看飞客雁，共舞入雄风。

万里行长路，千山破短空。

吴钩何不佩？莫谓少年穷！

日落

丁兆天

夕阳楼影染，孤客碧窗居。

北雁南飞疾，红云漫舞徐。

烟霞不复返，月夜最难除。

待到繁星落，还来日似初。

赠诸友

丁兆天

群鸿飞海上，孤月照三荒。

小雪增春色，残天破晚阳。

千山云满路，万里水为肠。

五岳摘星处，苦行莫可忘。

洛杉矶组诗

丁兆天

一

稀疏树影场，老叶感秋霜。

车紧催归路，天青逝旧阳。

轻山云不去，厚谊自难忘。

晚幕笼城野，乾坤满烛光。

二

方来蒸柳罢，却去落云端。

千屋灯光处，孤星浪荡肝。

岭山连草绿，杯水与天蓝。

日月盈辰昃，同心天地宽。

三

白云天朗淡，飞鸟树荫浓。

碧叶飘飘叠，群山壑壑重。

今朝一吟别，此世再难逢。

但愿人安好，相思望远峰。

四

黑月熏天幕，孤云哪处归？

连光分四野，破日入三微。

星上无多有，河中几日飞。

他乡花即逝，月夜永巍巍。

五

泡影追西日，海风自北来。

群枝红锦缀，两道绿萍开。

懒鸟闲人望，接天碧水灰。

光阴无限有，何不早推杯？

随感

丁兆天

人世何为乐？吾生本不凡。

痛心伤万众，立志作青衫。

丽丽春光好，萧萧白雪严。

魂销无处诉，总记燕呢喃。

忆府学赠赵老师

丁兆天

殿前书朗朗，阁外竹婆娑。

山岳多仁迹，鹅池两绿萝。

傲窗其可羡，弹剑复如何？

莫唱阳关曲，杨花不可歌。

念师恩赠李主任

丁兆天

知鱼桥柏茂，霜雪古松芳。

落叶随风去，繁花付雨长。

杏坛春露化，绛帐典经张。

璞玉君堪琢，深恩莫敢忘。

归家随感

丁兆天

万里云无际，孤松影自长。

天高飞燕少，叶绿百花香。

春雨忧将至，微风喜已凉。

重楼多耸立，早做步兵郎。

雨中赠某人解怀

丁兆天

风狂乱雨萧，透日入窗摇。

随手窗棂冷，凭栏碧树凋。

浮云万里蔽，穷路百寻辽。

何以多愁思？寒时不几宵！

临别赠住家感恩

丁兆天

异国为游子，主人当此居。

风中传雅乐，池内隐游鱼。

飨客盘常满，听诗意不虚。

朝晖无觅处，临别再踌躇！

途中抒怀
丁兆天

田下落朝晖，天边一鹭飞。

清风凝落月，碎雨动河矶。

映日山何晓，无情雁已归。

孤楼待春处，远客泪沾衣。

晚景抒怀
丁兆天

赫赫灯明处，漫漫夕起时。

重楼高入夜，远客倦无词。

轻驾通云响，行人觉月移。

何方歌舞寂？绿树蔽虹霓。

旅中看朝晖
丁兆天

远山带朝晖，白雾罩巍巍。

绿树随平野，秋风破我衣。

气冷焉能入？心寒不可挥。

何边解忧怨？岭上白云归。

游南迦巴瓦山及雅鲁藏布大峡谷

丁兆天

一气江山绿，孤村古木情。

青光涌积雪，江谷转苍冥。

渡者帆无恙？急流山不平。

长风耳边过，万里破征程。

布达拉宫怀古

丁兆天

万骑上峰巅，文成入藏年。

丘山紫殿外，云雾绕宫边。

青史千秋岁，蓝山一段天。

今来正何处？车马自如川。

游纳木错湖有感

丁兆天

浮雨阴晴内，青云昼夕前。

波澜自微泛，海鸟莫盘旋。

半接残阳岭，一承蝲蛛天。

五湖游已遍，望月是华年。

月满宿纳木错

丁兆天

孤客在秋庭，狂歌不得停。

清烟静山色，晓月满窗棂。

碧玉伤思意，浮光拥众星。

他年故乡远，此魄更飘零。

大昭寺次韵王摩诘《过香积寺》作

丁兆天

大昭云雾漫，群鸟拜青峰。

烟气香天日，凡人响磬钟。

远看金銮顶，近耀碧针松。

白塔经幡下，佛缘一脉龙。

将暮有感

丁兆天

青天笼万户，落日染孤云。

昼夜随霞砌，乾坤对半分。

吾空望秋月，谁更咏余曛？

奉砚当投笔，试为金石文。

霾

丁兆天

远眺望生涯，秋花见小斋。

人生名岂负，雁去期莫埋！

高阁投孤寂，微风送远霾。

不堪惆怅里，古树隐长街。

霾中所悲

丁兆天

鸡窗何所望？北土尽青灰。

不恨黄沙远，但怜鸿雁来。

汲风寒舍往，抗露夕阳回。

独坐悲怀处，阴沉总不开。

秋访中科院植物园

丁兆天

桑榆尚可寻，白露滴清林。

细雨乾坤冷，秋风蜂蚁音。

众人中寂寞，悲喜下沉阴。

失路梧桐里，微醺酒自斟。

秋悲怀洋外友人

丁兆天

落叶秋风至，苍天坠满云。

星来枝欲老，日落雁飞新。

松梦悲书室，听风念远人。

何年江海遇，更道愁几巡？

这边风景独好·农职院诗六首（录二首）

丁兆天

随校往农职院劳作六日，院中有兰、菊、柳、鸡、豚、马之属，甚悠然哉。正值秋日，秋月盈天；日露幽幽，芳草萋萋。实息心忘反之地也，遂感而作诗六首，以记风景之好。

其一·到农职院

车程应已至，花苑叶纷纷。

径作八分爪，冠为一片云。

小屋人声满，孤窗夜雨氲。

宁立重楼上，秋风最可寻。

其三·黑湖

白日幽辉映，云天细羽毛。

波开连鸯尾，影去隐青蒿。

湖水无樽酒，桥头有雁翱。
洞天别有趣，秋叶落南皋。

抒怀

丁兆天

微风拂夜色，去雁寂城初。
欲得痴情药，还翻旧日书。
重楼归影绝，吟客着寒疏。
岁末悲秋晚，虚愁尚有余！

与故人宴饮

丁兆天

冬阳夹三色，忽与故人期。
醉意何须酒，开怀必念诗。
浮灯蒸细火，晓月带平时。
未觉重楼寂，风窗夜已迟！

行经江汉

丁兆天

山水临田路，行车作醉人。

云中泛沙鸟，日里结绯巾。

辉落乡人墅，歌生懒木屯。

但随芳意至，衰草亦为春。

岳阳楼

丁兆天

熙熙吴楚地，独立有高楼。

烟渚船重在，长江水自流。

满园闲客也，一倚古人犹。

千载才人下，何心讵不忧！

登岳阳楼

丁兆天

一片湘妃竹，谪居千古人。

寒光开洞庭，云雾结长纶。

遥望断肠镜，还思忧国臣。

先贤有诸训，不敢乐吾身。

游衡山作

丁兆天

南国春先至，云山怪石居。

竹斜黄叶里，日秀壑山初。

凌云当碧石，绕树遇诗庐。

远望回峰雁，烦传万里书。

过贾谊故居而悼之二首（其一）

丁兆天

谪居曾贾傅，翠叶望悲云。

满目萧然树，他乡卓荦人。

古堂秋草盛，愁客赠诗频。

千载同心者，年年最失魂。

春风

丁兆天

初见轻飞雁，青阳半壁春。

和风帘静舍，窗布惹伊人。

微拂重楼动，清辉旧木频。

歌中笑言尽，云上韶华新。

雨中漫行而作

丁兆天

金盘新醉后，微雨动乾坤。

乱点晴云色，长听玉磬言。

怅然吟旧事，独步忆王孙。

何人春雨赋，萧瑟对诗魂。

夜不寐起坐知今日月圆而作

丁兆天

正为宁夜暗，何处好风留？

圆璧趋寒色，颓云卷玉楼。

车声呼啸过，灯照黯然流。

已知千里镜，不送褚公秋。

登祁连卓尔山

丁兆天

天境祁连地，平川油菜堆。

鸟鸣青草盛，云舞晚风开。

回望丹霞状，宁登烽火台。

朱绸投谷底，苍翠入前来。

登玉垒阁望远感都江堰水雾袭人即有吟，惜其忘却而重作

丁兆天

玉垒转薄雾，幽枝青翠闻。

徐起随风雾，因思落帽君。

江远万里路，楼高千古云。

有情应望远，无事最成文。

红楼诗二首（其一）

丁兆天

昨夜倚红楼，晓星沉玉钩。

春朝临缓涧，秋晚竞流舟。

霖雨凝为酒，阴飚罢作愁。

刘郎犹是客，一梦过千秋。

无题

丁兆天

自作泣歧客，秋风常断肠。

桃园何处许，绮梦不能忘。

灵烛掷为局，银河曲入觞。

流星唤不见，自作参与商。

霾三首（其一）

刘政佐

家处神都府，偏忧闹市烦。

烟霾笼永昼，衢路走华轩。

星月飘如影，楼城幻不存。

君言无意悦，何事为销魂。

我心瞻云三首（其三）

刘政佐

逾洋寻古寺，踏彩入银琼。

寒巘生残雾，天涯复远行。

引峰擎日月，挥墨见衰荣。

若使穷云际，何愁赴此生？

赠恩师

刘政佐

青山花愈蔺，赤县月犹深。

蹈火青云志，传徒往圣心。

笔枯毡案破，烛尽日华侵。

昔逢杨柳郁，花落夜孤暗。

西藏

赵博晖

尾气林间少，牛羊山外多。

包中品醇奶，碗里满青稞。

腕上藏银饰，泽间长碧荷。

山腰看藏舞，云里彻长歌。

雪

郇境恒

岁暮落芳华，寒英气自佳。

空庭声俱绝，归客影微斜。

残雪堆千里，飞霜透万家。

启窗高复望，风起散芦花。

古寺

田新禾

禅心惊叶落，不尽孤愁增。

江月吹残卷，山风冷暮灯。

轻霜湿古寺，寒雨打枯藤。

谁解玄冥意，凄凉坐老僧。

遣怀

田新禾

晚色驱群雁，拾阶待夜阑。

随风兰芷弱，映月管弦寒。

叶落听沉暮，钟鸣处静坛。

梧桐斜影下，鸦雀自相叹。

梅

田新禾

寄身原岁末，百草黯然消。

暮雪千层覆，凝风几树凋。

清芬凝夜月，玉蕊点寒宵。

梦得春将至，残花落断桥。

七夕遣怀

田新禾

云头终日盼，此夜下瑶台。

渌水中间断，哀颜各自开。

宿枝风送鸟，映月露盈杯。

醉卧影消处，清歌入梦来。

无题

田新禾

愁载流波远，痴言往复听。

云侵风乱影，雾淡雨敲萍。

举首眉勾月，屈身泪点星。

清辉播不尽，照我数寒萤。

物华

田新禾

晚日迷相忆，依微浸醉潭。

秋波眸下剪，娇晕月中含。

霖露滴珠箔，孤灯照玉簪。

寒风栖霁夜，恍若失轻谈。

上编·第四卷

七言律诗

东汉史·叹马援

丁兆天

良匠示人皆不朴，牧羊心壮此方咨。

老当志壮千年叹，穷且心坚万古悲。

高卧家床无暴士，笑谈酒肉不蛮夷。

可怜请战南陵处，身死无能马裹尸。

元日

丁兆天

元日将来天已暮，千门万户始更新。

风烟乍起西边雾，烛火熏明月上邻。

童子无知声鼎沸，儒生有念学经纶。

终年沉浸书山里，逝水空流土与尘。

春游

丁兆天

日起东山露水侵，微风送彩入花林。

幽幽小径枝难暖，漾漾水波湖可寻。

晨雨缤纷春草润，蝶蜂飞舞古松森。

树边闲适游人少，莫若石桥柳絮深。

恭祝家慈母亲节快乐

丁兆天

丽日青阳兰蕙秀，窗前桃李叶成阴。

夜闻风雨知寒暖，朝看银丝落枕衾。

截发谁言唯侃母，效滂何若作曾参？

春晖浩荡杨花盛，寸草不知游子心！

感流舞

丁兆天

树影斑斑寂寞春，杨花摇落各纷纷。

闲聊寒载思曾日，苦忆朝霞看白云。

流舞华年终逝去，贯通前路尚氤氲。

春秋十度毋虚过，当效长缨自请勋！

别 Marie 返美国、Helen 返英国

丁兆天

长亭对晚并无烟，初夏凉风遍陌阡。

夜雨声声星入户，离愁黯黯柳屯田。

钟扬大本青云月，水映先贤远路天。

此日如何舟不发？乡关万里尚君前！

向晚感怀

丁兆天

昨夜高楼向月清，星辰四野影初生。

何缘空负前生叹？不必偷望隔壁灯。

莫笑阳明难格竹，应惭客去仅诗名。

青云共与九霄远，愿作古今之大鹏！

咏夏景赠编剧

丁兆天

凡间烟火天上星，五色云端过夏庭。

月满梨园双雁入，君歌世道众人听。

文才皆付花前雨，风貌别存山里青。

四座皆归何独在？夜灯犹照叶飘零。

听乐

丁兆天

进入二十一世纪后，华夏文化竟呈衰落之势，国人海外之行为，可知矣。吾今日闻一乐，名曰《儒家文化交响曲》，以洋琴、胡笛奏华夏之乐，阐仁义之道。亦曾于海外演出。吾观华夏复兴，指日可待也。吾诗之，试现其乐意。

难闻汉地鸣汉曲，胡笛洋琴金石声。

春露千丝峦欲显，布衣一怒日难生。

林然行雁关山越，云落大荒湖水清。

仁迹古来今尚在，乐音长使客心惊。

这边风景独好·农职院诗六首
其四·感秋次杜工部《秋兴》韵
丁兆天

孤园落日仅余晖，蝼蚁林间动细微。

自以秋风无客至，谁看北斗送鸿飞？

瘐楼独坐心应远，楚水高歌意莫违！

月露曾流花色里，愁中消得叶无肥。

过贾谊故居而悼之二首（其二）
丁兆天

湘江对岸走长蛇，阴雨云边先哲家。

治策朝天惊万世，秋风嘶马傅长沙。

至今空井长怀旧，吊古秋堂总叶斜。

莫道游人魂断客，应怜堂下哭君鸦。

夏雨

丁兆天

京华好雨，景气畅人，为往日所难有者，遂欣然出户漫行，吟诗以记之。

暮闻风雨望悠悠，沾衣吟啸起闲游。

斜晖乱压青翎者，沉翳微流赭瓦楼。

晚树碧连风欲散，词人兴起雨方收。

砚前何必事文墨，更以漫行世所求。

无题·大冒险而作

丁兆天

人间棋宴总相留，笑啸心期醉市楼。

子野数声闻笛唤，孟陀斗酒博凉州。

水晶帘卷春时雨，玉树桃开夏夜愁。

若是东风长可驻，胡为独坐自寻秋。

感离别拟辞赠二同窗之异国

丁兆天

朱楼青瓦绿荫堂，几段风云几段霜。

词客有愁休入席，离人无语且添妆。

蟹螯仍可他乡擘，雁帛未迟月夜将。

海角天涯相对忆，岂能独念旧情长。

登嘉峪关有感

丁兆天

龙爪迢迢卧碧河，几家英烈战如何？

黄旗翻动城楼影，画栋融成日月波。

北漠沙横征客胜，南风歌响死声多。

登关远望不毛地，金甲粼粼自抚戈。

登鸣沙山沙丘及日暮远望月牙泉

丁兆天

总是黄尘送暗波，连绵天际若秋河。

泉中有马日边到，沙里无程醉下磨。

落日丘头犹独坐，长风归处竟蹉跎。

偏怜谢女声情好，咏得飘零未必多。

咏白莲月饼

丁兆天

帘外西风夜幕深，两年心绪至今寻。

描成桂雨悬香树，变却当时望月心。

赤玉花间金彩错，寒蟾阴下露华侵。

举头千里偏成思，分食团圆岂忍禁？

生日宴未能免俗，聊复尔耳，惯例为诗一首

丁兆天

一年一度犹今日，玉馔高楼世上英。

不辨旧情为重赌，难寻心迹赖亲朋。

几沽醉处忧渔父，一宴龙门服李膺。

饮罢苍茫飘影去，秋风归处可堪胜。

霾三首（其三）

刘政佐

幽燕腹地温榆首，卷地尘封万象秋。

四野沉昏新叶落，三光埋没老溪流。

开轩望断无穷路，颔首思空有尽愁。

何日北风折草木，晴明半载任凭楼。

我心瞻云三首（其一）

刘政佐

胜日燕山南麓县，行扶小径夜幽深。

观棋笑指金柯烂，举箸欣怀暖意侵。

徙倚烟昏将隐日，跎蹉柳郁又成林。

登临绝顶非常事，履下千山嵌碧琛。

我心瞻云三首（其二）

刘政佐

日落悬帆闲荡漾，霞封云赤半江红。

明月有情吟静夜，洪波无力觉鸣虫。

名篇不过愁情已，雄峡但将峰岳同。

江亦流残花又落，青山不易御鹏空。

青海行

刘政佐

新关古酒年年月，盐色乾坤坐隐翁。

云雪难分三尺外，湖山不再九州同。

丹霞二月花飞地，褐壁千流鬼聚工。

阵阵蹄声归塔寺，南冥从此一斤风。

阳关行

刘政佐

平沙骤冷老城气，烁烁新关此见闻。

马上看凝林下海，风中振落日边云。

嗟哀久绝国邦缺，谈笑长存患惑纷。

总道流年安且乐，无为夙夜遍思君。

鼓浪屿

倪子昂

晚影雾浓新雨后，晨霞舟摆鹭江波。

晴川浪屿苍鸥缀，流云散絮万枝红。

日隐愁绵风淡没，孤虹环岭入烟宫。

池旁洒月珠帘褐，闲亭杯饮送金朝。

游园中雪

吕若晗

柏枝孤叶雪高飘，倚袖笼空染红貂。

坠叶入泥怜自白，玉珠匝地谙民谣。

秀锦皑皑轻趁步，玡璃翯翯舞随腰。

亭台欲志今朝乐，对酒凭诗视舜尧。

习《送东阳马生序》有感

吕若晗

塾内书香又古论，帘中舞翠皆鼞鼞。

屋檐茅屋隐松雪，冻砚低薄露斋贫。

凿壁偷光汉时最，悬梁刺股郑说秦。

捧书伏案有何难？益慕圣儒又一春。

沧海桑田

李龙飞

王侯两代知终日？学子十年踏九霄。

铁塔八方风瑟瑟，铜台六面雨潇潇。

西行骏马来何岁？东逝长河去此朝。

殿号长生情一刹，辽东飞鹤影寥寥。

晚春游北宫

秦瑞仪

和风四月山中软，早雾氤氲衬古亭。

艳丽春花迎道放，湖边青草聚丛生。

层林皆绿时摇曳，小路崎岖偶斜倾。

碧水长流随意尽，笑谈过后忘虚名。

杂感

王一芃

日隐空中雾隐都，春回大地暖风初。

东君送雨朦胧塔，花蝶粘香秀美图。

绿水长萦三珠树，闲人共阅几经书。

鸿儒谈笑兰亭里，莫问前程竟底如。

悼袁督师

张泽辰

独守孤城万士惊，曾期一战画图功？

广渠门下争生死，皇极宫中辩黑红。

功业难成身受戮，英雄未老梦成空。

但愁华夏衣左衽，千载忠魂驻辽东。

上编·第五卷

五言古体

五言古詩

观潮
丁子弋
大浪滔天涌，层层难断绝。

挟风击峭壁，化作千堆雪。

春日有所梦
温桠淳
残钰又将尽，阴晴还乍凉。

前程何处是？且做莫思量。

深秋
周钰淇
夏去雨留苍，秋来风送爽。

红叶飞花落，清泉无燕赏。

登八大处
钱迤夫
旧闻八大处，今日登山岭。

行至山门前，苍松立古井。

已临峰顶处，俯瞰京城景。

薄雾似轻纱，唯见高塔影。

晨练

丁兆天

夜读锥刺股，晨当闻鸡舞。

人生三万日，终归复黄土。

既生人世间，莫负生死数。

欲想才气华，先将书满腹。

早出星斗繁，夜游月边数。

美景无暇赏，汗泪不觉苦。

天末蟾蜍影，东海日方睹。

少壮时努力，立而耀宗祖。

将晓

丁兆天

早出天将晓，抬头盼起晨。

寒光升枯木，孤月照星辰。

天际无垠色，叶间有露尘。

相邀看七政，更有舞鸡人。

夜不眠有感

丁兆天

昨夜月华至，犹临京华地。

孤鸿万里飞，使我焉得睡。

上有健行天，下为投笔吏。

夜色自巍然，毋负少年志。

这边风景独好·农职院诗六首

其二·农间锄草

丁兆天

锄草早曦里，铲影余午时。

玉露滴汗发，落叶葬枯枝。

野草生发早，满园除未迟。

欲把今人志，更胜前人姿。

地垦更言笑，身疲未蹙眉。

吾辈正如此，秋来无所悲。

无题

丁兆天

道由江畔行，空山新云颓。

波随长风尽，欲济船楫催。

南柯梦不醒，悲歌天下哀。

冠盖纷纷起，未了愿成灰。

有感

丁兆天

旧卷翻轻尘，书中知往思。

流光尚可抛，何况少年事。

入塔尔寺

丁兆天

朱墙与鎏顶，清净待幽深。

红黄绘法禅，檀木镂愔愔。

猫唤酥油香，鸽飞巾下荫。

白雾扰菩提，狻猊吐清歆。

人纭大金瓦，黄金宝气侵。

岂独拜药师，应重护法音。

鸥鸟不相疑，微风过欲沉。

雀鸣随旗动，安然忘机心。

游锦里

丁兆天

长衢红灯挂，酒楼青瓦晦。
高歌人影摇，侬情秋水黛。
群鱼铺碎石，佳人如宛在。
明眸月色中，琵琶天地外。
侵露阶生苔，清冷如古佩。
水光共街色，柳枝垂欲盖。
桥头乱暖风，桥底沉月对。
夙醉今朝是？闲闲不知退。

游九寨沟诗

丁兆天

古栈古木上，日冷山头浪。
回影落云边，融光相勾连。
乱树秋水剪，日色高崖卷。
两岸夹彩石，涌绿东西展。
梭子牵游黑，落帽可为情？
暗叶垂丘影，池欲清泉倾。
雪色中间阻，衷情似此水。
当时随君去，别后不曾起。

传语上星楼，镜碎不堪愁。

相思尽今岁，明日何悠悠！

流瀑激空潭，青云羡名山。

岸下织如皱，微雨沉吟后。

湖波翻经轴，平生何所慕。

且分愁一缕，散入烟云处。

感怀诗二首

丁兆天

其一

月下凌风行，月明洇秋气。

夜露踏枝愁，依约书窗字。

明日雁飞乎？唯见雁去矣。

诗成饥可疗，今朝将饿死。

其二

回首不成遇，日沉风雨处。

把剑长风中，天涯休觅路。

悬帷吹秋霖，梦断云无数。

已觉浮帆起，心事频频负。

红楼诗

丁兆天

本是客红楼，沈郎消瘦遍。

花下遇秋风，珠帘终为怨。

心期入云月，过雁唯不谏。

曩昔越千载，绮梦何时见。

夜归逢狗无依随吾走无果而泣之

丁兆天

载泪独归处，当路黄耳迎。

夜归此道里，踌躇欲何征？

不语已知矣，逢人经愈惊。

悲风随我走，喑呜莫低鸣。

月云休觅得，寒天垂若凝。

唯乞一家归，横立止我行。

无处为君归，唯有泪半泓。

我亦无所仰，何故携我形？

何处避风尘？灯影唯幽晦！

周顾世间人，人目一何眜。

径此焉能弃，枉自叹莽秒。

避之入车底，酸风不忍吠。

不论何作诱，喑喑与啾啾。

词人唯叹息，行者尚有谋。

枝杈击君首，君得如此留？

从此茕茕立，终日浮云游。

清癯是孤影，长街独自流。

春游婺源
瞿婧竹

墙白杜鹃红，瓦黛菜花黄。

天蓝春韭绿，疑心入画廊。

清明
王子辰

清明祭扫日，我心倍思亲。

四月潺潺雨，和泪湿衣巾。

读柳宗元《小石潭记》
王子辰

隔竹闻环佩，寻蹊见清潭。

绿树摇相映，潭形石异然。

鱼影空游乐，似与游者欢。

西南地势绝，光影参差见。

静思闲人谪，惆怅欲何迁？

望山
李牧宸

烟霞揽翠绿，曲径绕荆扉。

庸人常却步，唯羡白云飞。

忆月
戴紫帆

向晚雾绵绵，飞雁隐云边。

何时能望月，空吟太白篇。

元日杂景
王兆琦

爆竹声未断，烟火照苍穹。

千家灯烨烨，万道酒香浓。

壬辰新春游杜甫草堂

刘怡然

暮色草堂春，花阶静无尘。

一阕秋风曲，千秋卓荦人。

花

吕朋钊

粼粼小池东，雨幕一重重。

天低墨色染，春花寂寞红。

春

田小天

冬去春来到，万物竞滋生。

花开红艳艳，树茂草盈盈。

赏花灯

倪子昂

越秀花灯彩，宾客喜相逢。

羊城皆欢喜，万马齐奔腾。

独登牧野斜阳

倪子昂

昔闻牧原草，今到落阳边。
晚风羌笛木，走马孤山绵。

冬夜鸟鸣

李思睿

朗朗枝头月，离离天上星。
片羽不得见，但闻鸟悲鸣。

北风

李思睿

北风彻骨寒，隔日两重天。
南飞屈指数，相聚待来年。

美国之行

周子睿

孤身离桑梓，风高夜不明。
思母情难却，中心何以宁？

远眺

陈雨乔

雪劲山崖断，风高大野空。

万古苍茫气，临轩一望中。

雨后思

江俞璇

墨染晴空尽，风狂雨过山。

虹桥林霁翠，湍石花影妍。

鸢鹄翔宇外，燕雀歌山前。

美景叹难驻，彩虹逝云端。

合唱节后作

田新禾

泠泠琴音起，遥遥夏风扬。

声声折柳曲，寸寸断人肠。

点点芳年泪，沥沥溅荷裳。

相拥意难尽，劝君还相忘。

明朝花飞日，醉罢莫惆怅。

游山

王土悠悠

远看山无径，近寻路有踪。
山高路亦远，但听鸟鸣同。
野花处处有，青葱万点红。
回望登临处，倏然雨蒙蒙。

咏风

王土悠悠

卷起千层浪，拂去万里云。
又临门前树，残叶无处寻。

至西安路见雪所感

王允文

烈烈北风凉，漫漫冬夜愁。
披衣见曦光，静坐观花柔。
花殇忽复止，皑皑古都留。
微风拂罗衣，残花入青绸。
如玉润肌骨，似风扫心忧。
欣欣不胜意，切切环四周。

云及讶洁白，风过袭清幽。

雪拥双燕塔，霜结朱雀楼。

四野清一色，此景为谁求？

雪梅

胡金平

暮雪笼残垣，梅枝画上栽。

何人相对坐，观此奇花开。

抄写金刚经长卷

胡金平

旧事词中忆，应知此世难。

独行残雨伴，何故落花单！

修道来生早，三生惘顾看。

青灯今夜冷，凝伫素颜鸾。

无题

胡金平

晨光连晓雾，月影退南山。

石路残灯幌，闲庭野径间。

遥山寒色冷，鸟翼翅痕弯。

相续凭悠远，微云枝上攀。

流年尘岁短，复日朝夕还。

不顾浮华绝，红尘似水潺。

三生石上记，牵挂几生寰。

一刹回眸望，忘川泪已潸。

二〇一七年三月十三日寒假于路上

胡金平

灯影轻如绢，阑珊月笼尘。

一程在遥夜，欲向远方人。

枝叶随风逸，晓风瑟瑟巡。

由何心所慕？音容似比邻。

纵然途异路，却是相知人。

车马忙难驻，迢迢路有循。

从容风雨变，聊写诉杂陈。

冷暖知其是，难明世事因。

装欢忧不扰，梦也不愁辛。

蝶梦春秋去，落潮不返晨。

追寻如逝水，一曲渺无寻。

七言古体

猫

白雨辰

倏来倏去无人问，来往屋脊静无痕。
本性使之人休议，奸人羞说猫奸臣。

雷雨

戎梓樾

一刹窗外雷声起，弥天丝雨润新亭。
欲将此景长入画，执笔时分雨已停。

冬景

戴时雨

观旭日，弄朝霞，雪霁寒冰正数家。
欲向窗前觅早雀，三两红梅挂寒丫。

四月十七日会友人

徐天翼

晴空日映古木焚，树下曾期却无人。
惶恐慌惊空自去，汗泼如雨急寻门。

得至席间复逢尔，执手颜开不忍分。

夜淹灯浸影独去，惆怅空留月下尘。

美国行观晚霞夕日

倪子昂

金鹏展翼啸云头，万里长风过九州。

层礁暗影红霞舞，叶摆沉晖透丝柔。

渔灯几点遥丘缀，千粒荧灰现辰幽。

清涛伴月雨龙气，瞬逝黄昏未可留。

寄母

倪子昂

慈母以火箭发射故滞留广漠，思之难抑，赋诗以寄。

石卷腾沙震天隆，飞火凌霄破云宫。

白头雪岭颜鬓改，广漠独星挂碧空。

羊城春色

倪子昂

宜人暖风轻拂面，椰树成林绿如晴。

二月春花齐斗艳，珠江璀璨不夜城。

除蚊
王土悠悠

夜半闻声惊又起，嗡鸣四沸扰人眠。

欲观蚊蚋知何处，空晓雷声于耳边。

挥拍猛击疾如兔，电火石光响如年。

一刹中宵成岑寂，蚊尸遍地不足言。

遇雨
王土悠悠

风掣高楼骤雨间，残云欲卷半遮山。

飘飘散散似无意，九天化作承露盘。

犹闻鹤唳风吹雨，雷公电火指轻弹。

道化成潭天做海，西陵古道玉生烟。

送友人
王土悠悠

去路连云箫声起，君向南洋我向樊。

此别何日是逢日，忍看江水送轻帆。

观《奔腾岁月》有感

丁兆天

一人一马与其身，各自伤残具成神。

深陷逆境且努力，焉知命运在星辰。

高祖昔现平城日，伏波穷坚放牧年。

唯有当初急流进，风籁闯出一线天。

时运不齐命多舛，达人知命君子贫。

魏武赤壁成穷寇，汉光河北作难民。

磨灭无闻羊公叹，志意不坚世事辛。

人马残身昔不进，奈何今日只沉沦。

春感

丁兆天

窗外春风落枝头，窗内闲人独自悠。

一树桃花开柳色，两片浮云春色流。

我生一世无凡事，何教暮雨误云游？

流舞歌

丁兆天

昔者景山聚英豪，风采各异号流舞。

当年初逢称知己，此别我心不可吐。

书声几度窗前听，涕泪难能帘下聚。

同坐绛帐为青衫，壮思凌云功名取。

今晨歧路竟无语，望断两载风与雨。

青枫浦谣

丁兆天

青枫浦，青枫里。聒碎多少离人心魂地。

青枫浦，青枫生。日落江上月初晴。

昔作花船春游乐，今是斯人对愁酌。

不知舟里客，此思何年落。

湘江曾泛多少士，岳麓空对杜甫阁。

未解清狂桃花边，一梦星斗逝柔川。

宁立秋风前。

哀李陵歌

丁兆天

序曰：前朝遗史，李陵萧索。但感义心，长恨人薄。人生如笼愚众欺，将才欲功风云错。《鸟笼》才人作，悲情诗句获。

匈奴兵重犯天狼，李广国士最无双。

自俘匈奴射雕儿，十骑千人见惶惶。

士卒承恩效死命，四十年间气轩昂。

113

孤军曾征战世度，多少骠骑不得当。

震敌敌称飞将军，万户王侯封未尝。

失路自尽奴婢子，仕人黎首哀未央。

孤儿骁勇狩猎死，刚直当户遗腹子。

早学遗术奉汉庭，结发堪领八百士。

往越塞上从边事，霍霍磨刀驻疆鄙。

汉家天子不识才，使为贰师运粮米。

钟鼓隆隆武台殿，将军殿下叩头启：

"兵堪缚虎皆楚勇，穿杨神手亦可比。

毋骑何妨少击众，单于王庭视且睨。"

诏令强弩为后拒，强弩将军奸似鬼。

耻作下属后生人，奏请两路春朝俟。

帝观奏书忽大怒，遂下分守勾营旨。

五千北行出居延，军威浩荡走迤逦。

凡绘战图三十日，禀遣步乐浚稽垒。

朝作鼓角置中军，浚稽山前不尽云。

山间黄树杂风响，岭上秋风带草痕。

流水潺潺木叶紫，溪边白石影纷纷。

孤峰一顶束昏黑，日光沉郁两片分。

伐木丁丁始终声，夕阳远眺丘无垠。

已是家绝万余里，未堪回思妻女颦。

七尺长轻汉关外，一启胸胆夺名勋。

男儿此生无别事，携兵沙场死为君。

待敌习射夜刁斗，战歌悠然朝暮闻。
弓响箭出无眼及，中的应穿几千斤。
士卒拔剑透星色，将军衣甲勃英魂。
勾陈一指王庭处，须似猬毛目怒瞋。
弥天奔烟绕两山，三万马肥旗毋数。
大车为营军后陈，前持盾戟后弓弩。
无前但是听击鼓，未闻鸣金誓不去。
霹雳处处山欲断，应弦兵走无从拒。
秋光未顾遍地血，战士傲戟日月怒。
手掣利兵逐胡马，黄杨残风飘腥土。
单于惊色自难掩，左右贤王提罴虎。
一创兵战二将车，碧血透身旗鼓举。
骤云浮度乱影流，飙声暗涌红枫聚。
壮士血流无故人，将军剑斩多情女。
漫漫大泽生兼葭，故道龙城已漂杵。
凉风流处燎边草，麓下空谷付一炬。
步斗密林单于子，斜露点滴侵劲旅。
驻对南山元戎发，仆姑纷向匈奴主。
叶落草惊单于走，胡人忧虑遍新虏。
"馀勇引战日夜行，恐是兵伏满屯坞。"
一日驰袭几十合，马翻欲退色气沮。
军侯管敢逞无知，受辱投敌破军处。
阵前射旗疾走马，阜上箭散谷底阻。

115

奋迅如雷图血路，未念世间乐与苦。

将军凄凄复南行，五亿箭竭遗塞土。

爱死不若留此躯，一托忠心宿胡州。

锦绣宫闱翠幕中，花枝招展影重重。

忽闻李陵战莫死，欲狂一怒动帝容。

一辞百口构陷者，官居富贵饱食终。

可怜平生相知人，共奉门下本无逢。

轻财爱人明国士，奋身赴急晓性崇。

"深践匈奴摧数万，虽古名将不及功。

彼以不死存胡垒，必是归心报汉宗。"

一朝堂上忠言奏，狱下枉刑司马公。

述超前人孟坚讽，自以高明保身教。

漫漫千年腐儒史，端坐高堂尽哂笑。

汉家儒士六朝风，后人评点无边徼。

江公手中生花笔，遥怜将军愧影吊。

击柱拔剑还汉恩，朝露已至如何啸！

三军悲歌鸣剑寒，同泽喑呜转烟雨。

弃车徒手捉车辐，军吏尺刃心无绪。

峡中落石归途绝，命陨不进如何语！

夕阳黄土对凝眸，素衣独步恨难留。

暮云闲蔽长安道，绿树遥穿锈兜鍪。

丈夫一取单于耳！三尺宝剑泯余仇。

秋风潇潇天地摇，山河瑟瑟雨中收。

116

威震异国多叹息，兵困唯知一死求。
宫里席宴路充国，天子客遇渑野侯。
旌旗尽斩埋泥间，击鼓突围待夜幽。
鼓漏不鸣将军起，韩公壮士十余俦。
中天夜色如止水，远拥千马响啾啾。
尘沙迢递连绵逐，延年力战眼前休。
未负三代将门术，却道无颜见冕旒。
降北遗恨身名辱，情心所向不堪到。
世罕良终固知叹，追封明彻后主诏。
尚敬五千绝漠兵，贞观叹功帛书犒。
王维有言书旧愁，刘湾存诗苦乡调。
杜陵家事可为师，骆公犹赞缠绵妙。
微之淮海称简远，六一东坡曰无拗。
武学博士呼英将，稼轩别意犹难报。
二程先生有遗理，杀敌不比失节要。
徐均指斥名将降，迟死丧师辱国庙。
船山夫子何功德，斯不自顾虫豸貌。
自作市侩庸俗辞，汉传格调无人效。
力竭关山守社稷，呼作邀功心自闹。
"帝子不命胡冲锋？太史挟私著史料。
为言死党恰不忠，罪深著而不可罩。
休道报国暂候时，此身一降无洁窍。"
元美已罕倚马者，赋诗横槊与兵号。

117

神笔修史蔡东藩，并惜汉廷两难较。

少卿不死适作辱，子卿不死适为耀。

中原千载如死水，豫才悲苦世为淖。

"自古单身少鏖战，从来抚叛无人冒。

但见盛时纷纷聚，名去庭前乌鹊叫。

何论异族战具佳，'土崩瓦解'是人好。"

李陵才勇钱公慕，故国不义书家悼。

今满妄言浅读者，终日媒孽心躁躁。

归荣留辱命如何！骚人但晓李陵悲。

凉风衰草胡笳起，边声萧瑟马夜嘶。

塞外回鸣侵秋月，中有断雁带帛飞。

白露斜沾湿毳幕，异乡沽酒噎中持。

功应直上麒麟阁，至死遗骨埋边陲。

枉顾平生几行泪，欲归唯是未降时。

北海作宴访子卿，喟然自叹双泪垂。

言己之罪上于天，饮罢决去何所思！

闻道帝崩长呕血，子卿节气尚相知。

名扬匈奴显汉室，此刻一别何所期！

悲歌怅作泪满袍，舞起哀吟志已迟。

"径万里，越朔漠；作君将，奋边郭；

路尽绝，矢刃薄；士众没，名声落。"

徒令昔日念曹列，老母已死安将归！

诗称苏李宋沈前，唐人尝叹鸳鸯辞。

五言传恨今何在？秋烟空余李陵碑。

汉家天子不惜才，自信江山还复来。

名将帅才徒犹耳，国威浩阔应死差。

忽闻已降全家屠，夙情何日更报来。

李绪漠北练兵罢，公孙徒劳接迎回。

因何损汉累家室？孤恩况是负德催。

怒刺李绪匿于北，雪恨更与广利追。

霍光辅政国已赦，邀君返饮旧日杯。

愁云笑覆淮南橘，乡音一醉沙上霾。

默然抚发胡服矣，故人但添庄舄颓。

丈夫不堪再而辱，无论故国死天涯。

悲情已聒千载肠，义勇仍为几回议。

今有才人作《鸟笼》，余尚悲之作一试。

"汉家有鸟号鹓雏，缧绁囚身出处无。

练实梧桐少能觅，鹏鸥腐鼠更相吁。

元知落日移时怨，枉作惊天动地呼。

不闭笼门飞漠漠，佳翎潜走两安如。"

大才本自生逆所，欲立不朽暗呜咽。

才气英发世人知，人心其忌犹不悦。

杜陵有诗言盛名，终日坎壈不能遏。

安论世上褒与贬，皆似囚困笼敛闭。

雄鸟奋血一何涌，笼敛冷落一似铁。

大鹏一去杳无影，鸟合偷乐当此诀。

119

虽是极文通天才，倘令重来复不察。

名声万代如图圄，际遇亦钳平生钵。

大鹏何去笼焉开，世间无道书生策。

独制鸿篇憔悴吟，青史谁悲名裂客。

游水车公园兼览黄河

丁兆天

伞缀青砖绿意迷，天边微雨接云路。

龙骨悠转行人住，柳枝垂丝乱何处？

小园沉荫荫清愁，跨水长桥车纷渡。

黄河短浪粼粼拍，鸟卷黄波疾舟去。

几楼斜坐汀洲头，岸下黄河琥珀流。

访月牙泉

丁兆天

玉珰磨得犹相赖，挥手飞烟不可抟。

寒燕满天楼阁坠，落霞一日几人观？

登鸣沙山沙丘及，日暮远望月牙泉。

总是黄尘送暗波，连绵天际若秋河。

泉中有马日边到，沙里无琞醉下磨。

落日丘头犹独坐，长风归处竟蹉跎。

偏怜谢女声情好，咏得飘零未必多。

戏作西洋棋歌

丁兆天

序曰：弈棋之术，游戏之客。得失邻比，黑白杂均。观则心思战意，弈则智尽事理。昔伐木之人，观棋柯烂；今雄志之才，定气屡折。熟识子中将相，绘得棋里春秋。同窗高谋，常为天地棋局；奉元不才，试作赢输故事。

昔作社稷干城将，中宫敌兵何曾望。

护国身当百万贼，亦肯血肉为君障。

曾堪冲锋战纵横，不教王土留白帐。

驱兵奋勇如狼虎，迤逦交错似巇嶂。

邻国同盟外戚军，出入生死一身贶。

国宰一朝传圣谕，万马暗鸣山河向。

今虽屯兵王边道，将临何难深深晓。

说客睥睨自斜来，暗对将军伏兵杳。

将军岂可复出征，秋毫一动君不保。

唯当负箭作周泰，方能护驾留华表。

纵言降去全身贵，老将忠心焉可扰？

留节护主身必死，万里长城今日倒。

帐下勇士号孟贲，少年勇略天下闻。

121

愿献此身报恩遇，独携刀马辞将军。

不需百骑月下劫，自当驱驰昼夜尘。

漠上单枪赢敌首，京畿一箭定宫门。

伏兵乍起屠英灵，狂飙乱沙兼黄云。

英灵虽死敌首灭，敌兵散尽何须军。

沙暴随风袭白营，主将亦是武安君。

将军知时蓄迅锐，骤入敌营目皆瞋。

杀声画旗溅血气，风息乱营唯冷氛。

主将肉战兵前死，将军提剑倾功勋。

少年偈傥年十五，惯御弓马亦习武。

白袍衣甲轻风雪，长枪更作断魂舞。

初为大将幕下人，今是从兵阵后拒。

忽闻主将新覆败，持枪跃马热血与。

怒斩朝外宰辅臣，身在要隘近京府。

手掣锦鞭向万宫，回首拈箭射军旅。

奇袭暗道可破阵，擒王亦只一步距。

君王但走将军死，将军但走君王苦。

少年傲气向天啸，手中银枪映寒郁。

孰生孰死两踟蹰，将军义气黯然失。

此心报国应千死，真龙衮衣不可屈。

叵耐将军投身后，江山无人复挥日。

将军发声几嗟叹，观者中心亦不平。

营边古木婆娑响，落叶秋风向晚清。

122

击柱不闻归雁唳，举头仍见满天星。

低吟凝情天地动，沉寂案间有明灯。

将军独步望玄旗，心中沉郁一时鸣。

左右顾盼无全策，疑《经》之意今始生。

将为社稷君名节，社稷名分如何呈？

历来诸儒重名节，前贤孟子有别评。

忍弃将军国则覆，不拯君王世唾声。

一注金龙万民命，身临要隘如何行？

故剑不抚泛清光，旧甲连环百处裂。

六钧弓弦如霹雳，白玉刀环似醉月。

酸风拂起草无数，青松青山空翠拔。

帐边持矛铁甲卫，二十年前是新卒。

塞上马嘶休徘徊，将军心意业已定。

山头远望君王去，日光微茫点御乘。

不悔此魂付江山，君王提剑上战镫。

将军双眸火炬开，独望烟尘动地来。

有感

丁兆天

有心欲抚锦绣帙，寻计怅望生花笔。

欲道人间沥血言，当时休笑李长吉。

123

阴霾

丁兆天

序曰：沉浸诗书，涵咏三味。日暮晦者，先生存焉。驻唯芳草零落，行唯秋叶飘飞。咒天指恶鼠之可泣，悲歌鸣死水之无声。黄河渡罢，浊浪激湍；蜀道征时，长辕神矢。寄意寒星，破帽休悲不察；溢情毛颖，吾人更念先生。

仕族名门何式微？中道行云家境颓。

青眼常随西风变，白眼总伴北风来。

浊淖临溪清流杂，击岸暗渗荒树堆。

日日过往街铺下，世人冷目天地灰。

欲以治世杏林出，远渡东洋学疗术。

吾国弱疾岂在此，著得新生复搁笔。

尘霾飘洒天地间，黯极日月重楼寒。

枯枝落叶渐旋萦，积雨不来云色悬。

乱瓦愁听燕雀语，断雁孤唳思去还。

众星未敢奉紫微，中天暂得泪潸潸。

广漠野草阴气染，中原死水暗惨淡。

狂人悲了怒闲人，彷徨感罢奋呐喊。

千夫冷指眉已横，俯首为牛情未敛。

伯玉慷慨崇复仇，先生风调有同检。

怒目似铁射阴郁，抚案握剑气勃发。

先辈有锋扫天下，今亦奉之付书札。

窗前悠晦木枝折，一声夜枭破清月。

扑翅远鸣寂夜残，薄风冷绝星如血。

酸风萧萧芜没丘，坟土新草幽翠接。

夜枭长渡惊眠者，怒立咒辱唯怖慑。

枭啼暮夜竟如何？总使少年仰敬过。

月露窗里流君前，夜半寂寂长灯和。

唯其昏日所相刺，不忍翳霭沉胸胃。

漏船江影风雨入，对月载酒犹一醉。

少年不眠起作诗，芳心揖罢唯仰止。

而今茫茫尚雾里，先生逝矣今谁是！

（注：念鲁迅先生而作）

两汉三国杂咏

王一苊

破秦高祖入咸阳，巨鹿生威楚霸王。

楚汉相争天下定，乌江决战国繁昌。

卫青去病匈奴破，苏武持符苦牧羊。

盛世短年七国乱，夺权摄政王莽狂。

光武复位汉朝续，百年平安出栋梁。

黄巾张角太平术，人灭贼消汉更强。

袁绍统盟战仲颖，司徒离间董卓亡。

曹袁大战逐官渡，火漫乌巢决北方。

奉孝虽亡土地定，曹操转眼望西凉。

蜀吴纵火三江口，甘露许人孙尚香。

借道伐虢诸葛破，孔明妙计气周郎。

联盟瓦解缺子敬，借地何时还荆襄？

关羽长沙恩老将，子龙计战取桂阳。

张飞擒子换城府，四郡归刘将士伤。

大战樊城徐晃救，麦城粮断弟兄亡。

翼德仇重人先死，皇叔伐吴也沧桑。

夷陵大战无人救，火起连营将士降。

白帝玄德请诸葛，丞相助主治国邦。

六战岐山施国力，七擒孟获知恩良。

丞相决策姜维学，剑阁计杀一只獐。

空城妙计退司马，奇策震天谁敢当。

五丈将星终会落，国家大事尽托姜。

阴平小道贼人入，直取成都后主降。

司马造反魏曹灭，三家归晋统河江。

日行稻城所作

吕雷祎一

叶青青清云雾中，鸟鸣鸣明花丛重。

波漾漾扬轻雨里，月盈盈颖青霞空。

某日近晚

吕雷祎一

梦乡仙音渐渐绝，扶床懒起吟云月。

灯火蓦觉黄柳酥，绮思惊起漫天雪。

词

望江南

刁孟瑜

寒鸦冷，孤月比西楼。酌酒半虚花悟去，浮音落晚韶华留。不见水空流。

小重山

刁孟瑜

烟雨迢迢木叶飘，琵琶闻几曲，更潇潇。扁舟载酒过溪桥。青衫湿，情思五更遥。

孤梦笑千朝，瑶宫曾几许，为折腰。谁言情薄越商曹。三宿恋，蟾影故人韶。

鹊桥仙

丁兆天

寒云散淡，蝉声渐绝，雁唳不曾传语。星河怅望总黄昏，待谁晓，道旁李苦。

梦中锦瑟，花间彩壁，回首秋风簌簌。忆君百遍忘君容，碧枝上，玉蟾悄宿。

水调歌头

丁兆天

春月轩窗透，黑夜柳阴阴。重楼灯烛盈满，何处正弹琴？不是良缘归宿，汉武藏娇金屋，万古总悲音。鸟雀皆飞远，苜蓿不能擒。

早花艳，杨柳盛，月光侵。谁看此景，虫为何事独长吟？金谷常能聚酒，吴会兰亭集友，共醉赏花阴。最恨春风夜，数度乱吾心。

浪淘沙

丁兆天

游子泪纵横，苦短人生。光阴不见我浮名。离别更添愁入梦，正识孤城。

魂莫再多情，地远天清，草荒人去石无声。明月山边花点点，依旧如明。

虞美人·雅鲁藏布江上

丁兆天

白云遮尽青天日，苍翠连丘出。江流万转浪涛声，踏破世间多少不平鸣。

秋山数点寒浮雪，洲岛分波裂。寒鸦逝水各盘旋，何故犹惊回望一孤船？

醉花阴·寂寥
丁兆天

四面寒风春雾里，点破重楼地。独倚倦幽墙，南望危云，未解飘零意。

孤灯幕帐仍相畏，鹄雁何时至？无语静窗纱，明月团团，还是群公袂。

雨霖铃·为德·拉图尔《油灯前的玛格达丽娜》而作
丁兆天

秋鸿将北，冷鸦声断，暮雨相逐。残羹半盏何味，非缘道术，偏成休谷。静坐怜光明灭，影凝昏寂灯烛。竟不语，心绪风情，素面罗衣水光笃。

当时更有迷离目，倚微冥，便是闺中俗。凭栏解恨幽思，焉有计，唤初心复？此视多时，当识忧愁载载缘孰。烛火灭，应悟如何，所得无从录。

满江红·夜难眠起坐忧愁于心而作

丁兆天

暮色深笼，春不动，月华新失。独不见，野云游处，幕帘无力。零落寒鸦啼客寝，凋伤星斗无人迹。永怀时，正此节楼台，何堪立？

愁元在，由未忆。今回首，绵毋毕。未能眠，独坐遣佳词觅。孤客不眠缘未骋，忧情可赋终何得？几梦间，此事恨唯留，空余匮。

如梦令

丁兆天

窗外夕阳云聚，明月清风相语。一笑遣佳期，宁久念情归处？微雨，微雨，徙倚短丝回顾。

调笑令三首

丁兆天

其一

微雨，微雨，倚立不归人去。孤城落日云燃，楼重乱影起烟。烟起，烟起，且啸不酬心志。

134

其二·为陈胜、吴广故事而作

浮影，浮影，沉在境中不醒。晴光晓透微迷，雨漫一跃剑提。提剑，提剑，万里乡关仍见。

其三

轻雾，轻雾，飘渺几家星户。相思烟雨楼台，少年卧听响雷。雷响，雷响，暮色无穷想象。

定风波
丁兆天

夜梦风疏正倚栏，乱霞回首晚城间。翠瓦鎏窗烟雨黛，仍在。几时鸿雁记秋残？

哂望曾年千语处，言住，却愁明载向何边？风透落花心一任，沾枕，半重天泛玉轮寒。

如梦令·丙申既望
丁兆天

不忆天涯浮棹，不忆南窗曾傲。宿鸟各双飞，明月有情相照。休笑，休笑，秋雨晚风吹帽。

翠楼吟·秋

丁兆天

汉上游人，江边箬笠，清秋一载新值。携囊沉醉饮，付心事韶光何及？应师长吉。咏易水龙山，天涯相忆。京华客，十年长赋，几人磨得？

彩笔，春梦中来，绘了西风尽，意犹如织。最心期莫负，看征雁归飞踪迹。踌躇能立。落叶倦飘蓬，帷帘幽泣。黄昏色，小楼烟雨，故人愁极。

青衫湿·热河离宫记游

胡可寻

说走就走地到了承德，又寻前人足迹到了避暑山庄，闲逛一天，于是填词一首。

长堤乱柳层叠绿，旧亭拟潇湘。桨开浮荇，鱼啄叶影，粉缀荷塘。

朦胧深草，娉婷曲榭，云卷沧桑。独吟先朝，秋城漫漫，烟水茫茫。

采桑子·记大理山镇七月雨

胡可寻

滇乡小栈舟行客，未久凭栏，却叹风寒，鱼点清漪山影残。

闲听细雨声如咽，窗掩幽兰，独忆阑珊，满院织烟柳露汚。

浪淘沙·今晨子时惊醒，记心绪于此

胡可寻

残暮缈云团，霞英纷繁，暗香染雾为风缠。影曳光摇烛泪尽，待旦难安。

何耐月华寒！朱门常关，光阴偷换去雁还。酒过愁肠声渐涩，魂断南天。

捣练子·月夜书

胡可寻

路漫漫，夜茫茫。冷月无情鸣虫狂。唯愿酒浇游子意，异乡风雨总断肠。

忆江南·咏合欢

胡可寻

蓝山暮，风惹叶悠悠。褪尽红妆香憔悴，长枝折尽旅人愁。寂寞困重楼。

千秋岁·夏怨

胡可寻

浮云疏懒，风咽蝉声短。深竹暗，船歌缓，魂牵静默处，花市红灯满。芭蕉绿，玉蟾缱绻星辰散。

月隐鸦栖椀，洒墨无君伴。香未了，盘长断，巫山云化雨，楚客怜罗伞。空自叹，半窗湘水倾萧琯。

调笑令

胡可寻

虚仁，虚仁，柳暗樱桃红处。梧桐斑驳墨残，谁共谢家雨寒。寒雨，寒雨，孤燕长亭愁旅。

如梦令

胡可寻

一夜少眠，身心俱疲。

月过幽坊霜细，风起灯窗云碎。秉笔不成文，风月尽作相思。憔悴，憔悴，人静秋鸦难寐。

鹊桥仙

胡可寻

弄弦人懒，寻花情倦，佳令独听蝉语。七年肠断为伊愁，总识了，相思味苦。

西湖影寂，谢桥烟旧，忍顾落槐簌簌。皆言银汉喜相逢，不过是，天边星宿。

梦江南

林书宇

花事了，一曲入千秋。昔日已零香满地，流光荏苒梦娇楼，好景不长留。

浪淘沙·咏李煜

林书宇

花近夏时残，香彻栏杆。小园未咏白衣寒。诗画难抒骚客恨，雨自潺潺。

殿上舞金鸾，昨日江山。倾槛问月几团圆？酒里故城依旧在，却叹经年。

江城子

林书宇

兰台走马少年狂，射骄阳，卷青苍。醉月飞觞，桃李宴群芳。十载寒窗苦读意，欧冶剑，锦衣郎。

一杯浊酒梦家乡，望汉堂，念周郎。瀚海阑干，漠广接天浪。锁近边关风景旧，浮日短，半生长。

定风波

刘政佐

偶入青林幽墨香，沾襟骤雨又何妨？新赋强愁真假处，何故？高山玉水自流长。

辗转斟酌思断肠，重联半对也寻常。揽尽秋萧歌五月，何急？佳人最是毋梳妆。

鹊桥仙

刘政佐

桃源渐晓，华林正茂，独欲匆匆事了。寒窗古色总
回春，不经意，闲愁渺渺。

风轻暮巧，云流日照，一顾梦回芳草。重楼叠雾又
袭人，共谁笑，相逢恨早。

破阵子·月夜

倪子昂

风隐银蟾淡没，柳春江畔烛明。江水纹波偏舟渡，
袅袅横笛送春声，金浪晚潮平。

千古骚人眷顾，骊歌未了愁情。古道寒冰挥泪影，
一梦凭楼楚江青，载酒过长亭。

南歌子

谭乐之

绿柳扶风姣，红蕉醉雾伤。不知泣露悴丁香，孤影
梧桐却令小蟾凉。

忆江南
谭乐之

山公醉！归影恋黄昏。不羁仍惜欢未尽，酩酊最是酒香醇，披发对溪云。

八声甘州
田新禾

逢雷声渺渺到轩楼，迷处醉归家。忆得随柳烟，听闻不见，暮雨长划。自恐悲魂漂泊，应泛转天涯。若入钗头凤，尽拢罗纱。

心隔阴阳却远，似轻言夜霁，薄月微斜。寒衾凝残梦，怨久独琵琶。叹流离，难存故景，倚长亭，无处觅芳华。清风下，望穿愁绪，一世飞花。

临江仙
张昊辰

把酒无眠秋夜，蚤鸣叶落风轻。清江寒映一天星。桨音追旧梦，洒泪满烟汀。

寒月应知离恨，清辉相伴舟行。婵娟又胜去年明。无言人独立，空对晓山青。

临江仙

张昊辰

素口莺声依旧，粉颜犹带春风。寻常楼里忆相逢。相逢无一语，一语恼卿容。

往事且随泪去，烟花偷送残冬。别时盈月复如弓。可怜伊浅笑，只在梦魂中。

长相思

张昊辰

桃花飞，杏花飞。折柳青条似旧垂，离人归不归？
行思伊，驻思伊。正是游春携手时，此情唯自知。

浪淘沙

张昊辰

寂夜月昏黄，满院残芳。荼蘼开过近秋霜。三载韶华驹过隙，唯剩凄凉。

笑靥最难忘，双燕池塘。庭前折柳又盈窗。春色年年应无改，人各一方。

浪淘沙

张昊辰

把酒对斜阳，几度秋霜？落花芳径小池塘。尽是伊人行过处，裙袂微扬。

浅笑自难忘，无限春光！夜阑独立倚栏望。唯有梧桐空寂寞，残月微凉。

鹧鸪天

张昊辰

蝶舞蜂喧闹百花，盘虬古树缀新鸦。池中凌乱蛙声点，帘外朦胧草色些。

盈目柳，满天霞。青楼河畔响琵琶。莫嗔青帝春宵短，今夜无眠在酒家。

江城子

张昊辰

乱山几点碧云笼，落霞红，暮寒浓。寂寞梧桐，无语冷秋中。纵使满城花散尽，伊浅笑，锁西风。

梦魂千里信无踪。忆相逢，恨匆匆。却怕离时，人去谢桥空。明灭银釭更漏远，谁与共？月朦胧。

江城子

张昊辰

娟娟寒月正盈窗，似轻霜，满陂塘。昔日芳丛，零落已无香。独倚雕栏抬泪眼，人不见，晓风凉。

群星漫缀鹊桥旁，且相与，诉衷肠。魂梦三年，轻笑最难忘。待到明年花似火，携子手，共春光。

行香子

张昊辰

水漾斜阳，风弄波光。东君后，春满陂塘。且携素手，相与寻芳。正落花纷，新花绽，乱花香。

梦魂难觅，寂夜犹长。人不见，月色微凉。银釭明灭，独倚栏望。只柳烟残，云烟绕，水烟茫。

青玉案

张昊辰

薄衣沾湿轻寒雨，但为觅，当年路。素手相携今已去，寻常街畔，阑珊灯里。曾是同游处。

酒消犹有愁千缕，书破花笺情难叙。欲诉衷情还不语。孤枕欹眠，泪流几许？点点秋时露。

八声甘州

张昊辰

　　渐暮云冉冉锁帘窗，烟雨暮千家。对寒风飒飒，香残心字，彩笔空划。几处红笺泪浥，愁思渺无涯。欲睡犹难稳，霁月如纱。

　　梦里相逢难久，只漏声凄远，玉枕欹斜。念凌波独远，谁复弄琵琶？望当年，同欢旧处，叹今朝，逝去逐年华。空垂泪，有情难叙，挑尽灯花。

御街行

张昊辰

　　登楼共与携纤手，一片月，明如昼。轻风来雪柳微飘，裙上鸳鸯金绣。龙灯处处，欢歌元夜，同约长相守。

　　今朝相伴唯诗酒，一片月，凉侵透。无眠和泪倚栏望，花市人双双走。离愁难却，闲看明镜，孤影空消瘦。

唐多令

张昊辰

　　游也不成欢，纤歌听已阑。立斜阳，无语凭栏。两桨縠纹微雨幂，同清泪，落江川。

云暗隐千山，波平霁月寒。早停灯，欹枕孤眠。风送梦魂同燕去，休辞远，向长安。

少年游
张昊辰

东风先度玉兰枝，无故引相思。折花人有，插花人去，难复抚青丝。

去年残柳今如旧，翠色弄斜晖。唯有婵娟，年年未改，犹照赏春归。

江城梅花引
张昊辰

东君渐暖日稍长，怨春光，又春光。每岁今朝，春色尽空茫，满树梨花初带雪，犹胜雪，几分柔，一段香暗香，暗香，似伊香。

每思量，泪几行？散罢散罢，散不去，又绕心肠。枝下池塘，未改映残阳。昔日鸳鸯今在否？思旧侣，此时应，各一方！

山花子

张昊辰

孤伞轻衣片雨中，榴花微润浅深红。偶过偷撷香一剪，
忆娇容。

几载情衷成梦远，三分月冷锁愁浓。垂柳庭前青曳曳，
又东风。

金缕曲

张昊辰

按：丁酉年正月廿五，东君初至，柳复生芽，正回暖时候，寒
潮骤至，漫天飞雪。余独沐雪清游，睹新雪而思故人。还家后，愁
思犹难收，遂作《金缕曲》一篇。

谁解衷情久？最难忘，三秋故事，忆如心剖。玉屑
斜吹香满袖，一任春寒侵透。终不见，从前笑口。曾映
离人池中水，叹今朝唯有波依旧。追往日，折新柳。

归鸦数尽黄昏后。便还家，寻常墨迹，不堪回首。
犹记芳姿书锦字，朱笔花颜纤手。长夜里，凄凉难受。
独倚疏窗望牛女，纵千年未改长相守。词已尽，念还有。

望海潮

张昊辰

斜阳深锁，凭栏极目，金陵一片烟霞。林暗径幽，英雄故处，蒙茸野草狂花。往事惹咨嗟。叹晨起哀角，昏听悲筲。王谢风流，满城枯骨掩平沙。

秦淮未减繁华。有潺潺细雨，点点浮槎。杯酒浅斟，闲游岸陌，难寻素手琵琶。凄月上檐牙。问怎生消得，长夜无涯。空把云山望断，归路几寒鸦。

唐多令

张昊辰

折柳又东风，芰荷独自红。漫将愁、皆付金钟。流水落花空聚散，多少事，梦魂中。

飘絮旅西东，闲思忆旧容。念殊途、何日重逢。肠断唯望相识处，烟霭渺，月云胧。

浪淘沙

张昊辰

风暗雨摧花，灯影窗纱。纷纷过客走天涯。殢酒愁浓昏欲睡，梦赴谁家？

香暖鬓微斜，轻弄琵琶。淡妆浅笑正清嘉。曲散枕敧人不见，几点寒鸦。

减字木兰花·海棠

王允文

胭脂淡染，爱惜芳心莫轻展。夜夜回肠，孤枕衾寒青晕长。

韶光易逝，倦绣依稀红烛泪。细雨绸缪，碾作香尘香自留。

清平乐

江俞璇

微凉春意，落蕊依香砌。已去朱颜无几遗，月下孤独谁记？

窗前掬捧香尘，流芳飘渺残存。鸿雁归来蝶飞，相思惆怅犹深。

眼儿媚

江俞璇

莺语声声细语长，烟雨天微凉。海棠欲堕，樱花飞絮，
雪落衣裳。

儿时旧院难重寻，余梦绕残梁。当年乐事，秋千园畔，
草径林旁。

采桑子·雨

牛润萱

轻著剪翼斑纹度，草碧玄昏；惆怅烟云，点染重楼
易断魂。

沾泥不复飞蓬乱，昨日深深；今日无痕，渐暮初晴
半掩门。

归字谣

牛润萱

歌，痛饮停杯剑欲磨。风狂舞，残荷落寒波。

诉衷情

温桠淳

孤灯明灭冷清霜，宝篦润寒香。争知画角何处？扰我试梅妆。

醉里笑，最堪伤，忆流芳。凭栏空见，远树含烟，竹影凝墙。

如梦令

温桠淳

映柳水纹横皱，漠漠晓寒雨骤。脂粉沁蘋风，门外桃花枝瘦。独候，独候，凭几闲拈红豆。

点绛唇

刘嘉雯

点点萤光，照秋叶晚风庭院。暗香轻软，无计流年换。

欲向浮华，问世间寒暖。春帷淡，露零罗缦，往事如烟散。

临江仙

祁晟

屋外秋虫鸣细雨，思乡燕雀南飞。三更枕上忆春晖。花开花散，终与愿相违。

明月乘风拂袖去，离愁唯有擎杯。青山有意隐春雷。黄粱一梦，醒后最堪悲。

如梦令

祁晟

碧色枝头稍驻，相伴几颗朝露。默默百花中，守护东风春暮。留步，留步，明日飘零无数。

鹧鸪天

祁晟

燕语莺声自在身，桃花枝畔却伤神。香飘两岸争春树，泪打青衫独醉人。

听细雨，望星辰，归程何处向清晨。登楼不见乡关月，化作风中故土尘。

眼儿媚·燕子
李庐轩

曲宛风荷晚南屏，柳浪又闻莺。还知旧里？萧萧黄叶，欲敛窗楹。

朝云礮磹烟霏雨，西子浪初平。梓桑何在？春泥点点，泪雨盈盈。

南歌子
李庐轩

月夜风惊梦，惊疑未敢言。繁星吹落更无痕，却见寒光轻洒，度银门。

诉衷情
李庐轩

朱墙青琐柳纤纤，凝涕盼银鞍。但闻燕啭莺语，谁与寄思寒？

时忆起，泪潸潸，夜难安，东风凄苦，归故旧人，却见花残。

南歌子

李庐轩

早燕登初柳，浮鸭沐暖塘。怨来去雁已成行，才道韶光易逝，化凄凉。

醉花阴·鹰

王天诚

羽带朝霞衔酽土，扶摇激风露。挥翼啸云尖，江海横流，赏几番春暮。

岁月霎如昙花猝，不晓何时度。梦里振长空，桂苑秋宵，逐月中孤兔。

浣溪沙

江依兰

幼雀青枝初芽尖，跃虫晨雾晓花妍，黄牛石路牧童闲。

柳树纤丝冰已尽，山中烟雾绕村间，红霞艳日笛音绵。

诉衷情

江依兰

昔年湖上共舟行，光澈漾波清。浮花碧水仍在，人影已伶仃。

洲屿翠，旧时亭，酒令兴。无心尝馔，含泪独回，雨打残英。

望江南二首

吕若晗

其一

凝雨落，斜坠化微愁。闻道小桥皆不寐，采琴折柳水悠悠，又见映危楼。

其二

秋锦瑟，凫雨浸空楼。漫漫红沙映古影，迷离却见秋华流，把酒断琴愁。

下编·第一卷

深圳市南海小学学生诗歌

五言绝句

品茶
孙子清

新岁正青葱，清汤映火红。
壶中无尽味，夕照玉杯中。

初秋
孙子清

一夜飘零雨，秋声冷风举。
渔人寒雾中，扁舟自来去。

傍晚
胡晟涵

窗前新竹影，舍外晚风吹。
篱落斜阳树，闲吟尽是诗。

雨过天晴

胡晟涵

风经房闼下，雨过桂花香。

鸟去清声滞，轩窗一抹光。

春景

胡晟涵

一夜春风过，拂堤杨柳青。

青山听细雨，漫步古凉亭。

游十里银滩

袁彤丽

浩渺浪涛平，红霞海日晴。

登船听浪语，坐看玉轮明。

云海谷

姚书煌

万洞如棋布，清湖映翠林。

鸟鸣幽谷径，云影入衣襟。

秋思

姚书煌

叶卷风飘落，凭栏泪洒尘。
昔时离梓里，翘首待新春。

雨

姚书煌

疾风若马奔，树草气闷窒。
乌云忽散开，澄天始得出。

游三峡

罗晨霖

楚天千里阔，山色正清秋。
坝上飞归燕，长江滚滚流。

四月天

朱芊羽

阵雨洗微尘，风吹老树新。
繁花开似锦，又是一年春。

雷雨

朱芊羽

岸上闲人去，林中鸟兽回。

乌云生紫电，飞雨过江来。

游梅州五指石

朱芊羽

五指握苍穹，天梯似挽弓。

山奇流水秀，造物有神工。

雨

刘宥伊

水露凝枝叶，春风不惹埃。

夜灯人静寂，无语润青苔。

桂林山水

董楚瑜

江水清如镜，群峰各有名。

山间枫叶落，侧听鸟歌声。

湖边美景

熊睿

蛱蝶迎风舞，采菱闻棹歌。

繁花通幽径，烟柳自婆娑。

田园生活

赵馨瑶

炊烟恋远山，细叶掩柴关。

泉水映花影，箫声月一弯。

登山

赵馨瑶

清风吹绿草，小鸟逐青山。

遥望鹏城景，沙鸥翔碧湾。

七言绝句

曼陀罗花

孙子清

园中一垛艳无双，低首含羞娇怯香。

美艳绝伦惹人爱，谁知剧毒个中藏。

游乌镇

孙子清

碧水长篙荡乌镇，古街深巷尽游人。

石桥戏水吟诗罢，归鸟暮云谁与亲？

中秋

陈沁镟

晓露风霜紫菊畔，桂花时节素娥伴。

问君能有几多愁，相思恰如春草岸。

湖畔柳色

陈沁镟

斜岸长堤雨蒙蒙，湖畔弱柳新芽出。

轻黄淡抹未匀和，黄莺舞弄春风笔。

山园晚景

朱浩然

芳草碧波莺百啭，梅花落尽子规啼。

不知何处吹风笛，勾起乡心意自迷。

词

忆江南·春江

陈沁镟

春江美，野岸嫩芽新。日出江花红似锦，春来江水碧如云。风笛醉黄昏。

风蝶令·游人才公园

陈沁镟

芦苇清风荡，鲜花舞芳姿。书声琅琅起涟漪，正是远山夕照映疏篱。

下编·第二卷

李华伟诗歌

绝句

饮茶

明窗书案净，雀跃两三声。
袅篆芙蓉鼎，坐看雨弄晴。

秋思

轻鸿来北国，疏雨滴阶前。
玉簟生凉意，西窗人未眠。

雨后春景

暗夜无声疑似梦，晓看桃柳一时新。
凭窗小立飞双燕，衔土何须问主人？

香椿

二月春风催嫩芽，娇颜淡色胜繁花。
新炊细品留馀味，珍膳时蔬谁似它。

爬墙虎

攀得东墙满眼春，和风吹绿送漪沦。

繁华尽落云斑出，始见铮铮铁骨峋。

咏荔枝

南园新雨荔枝熟，薄醉红妆翠袖风。

亭畔空嬗妃子笑，蹄声又到大明宫。

咏荷二首

其一

晨起新荷弄粉妆，南风熏得水生香。

时人带笑频相顾，芳影菱歌入梦长。

其二

红衣尽落了无痕，数点莲房立晓昏。

忽忆江南歌古调，兰舟长系远芳村。

偶感

青波潋潋映澄鲜，自向花间听野泉。

且采春光成美酿，闲来小酌亦陶然。

记友人题赠书签

梅兰竹菊四时风，一染墨香殊不同。

长使诗书盈手握，澄心尽在方寸中。

茂林吟风

棠阴曲径苔衣绿，修竹茂林清气融。

把卷长吟尘事外，古今情韵共谁同。

修竹舞韵

亭亭翠色几竿斜，月照庭阶漾薄纱。

爽气徐来观不足，长留此景绕吾家。

律诗

山村小景

青山作画屏，溪水绕芳庭。

曲径摇花影，疏篱映蓼汀。

鸡鸣闻野际，雀跃振苍冥。

菜圃新苗绿，闲坐听牛铃。

记仙湖弘法寺

和风栖露蝉，湖影漾青莲。

金殿重檐静，苍崖一瀑悬。

天香连晓暮，鸾鹤羡山川。

回首林深处，钟声入紫烟。

读昭君诗有感

生别玉关道，胡尘漫九天。

萧萧班马倦，隐隐楚山偏。

雪暗毡城月，春寒汉苑烟。

夜来魂梦返，碧水荡溪船。

戊戌秋外甥来家小住

桂月凉初至，吴中寄信音。

暮烟微雨落，灯影远人临。

抵足谈今久，开眉话旧深。

晨炊相别去，庭院晓沉沉。

晚间陪父母散步

夕照入层林，凉风落叶深。

清光通曲径，禽语隐榕阴。

笑忆儿童事，堪怜父母心。

鬓秋身渐老，花瘦病犹侵。

往昔人还健，今朝力不禁。

相携亭里坐，对看眸中歆。

素月筛清影，阶庭声渐沉。

野望

黛巘烟村四五家，清溪一道绕篱笆。

圃畦杂菜争颜色，旷野闲云飞纸鸦。

懒懒牛铃摇暮色，悠悠禽语向林花。

门庭棚架新瓜嫩，野火春风竹影斜。

茶花

野径朔风吹骨冷，山茶神态自轻盈。

晴中羞染粉脂腻，月下常存淑气清。

冰雪相侵燃愈烈，东风暗度绿重生。

游蜂飞蝶尘中梦，且向春光深处行。

古风

己亥夏于琴府听唐健垣先生弹琴后记。

翠色掩画栋，微雨暑气清。

佳宾集琴府，赖公有高名。

言笑自委婉，举止亦轻盈。

由来性好古，琴痴深为荣。

吾辈何有幸，唐音妙相呈。

澹然一挥手，胸中万象生。

青山碧嵯峨，欸乃水澄泓。

切切弦中意，离离故人情。

端容恭且肃，神思入蓬瀛。

闻此千古韵，恍若梦里行。

听者同屏息，池鱼游弋轻。

馀音竟杳袅，环顾四无声。

注：唐先生酷爱收藏古琴，人称"琴痴"。当日弹奏用的是唐代古琴。

有感于同事徐老师父亲雨天为外出母亲送伞

鹏城雨来急，阿娘去未归。

阿爷眉频蹙，起坐无所依。

口中絮絮语，携伞出门扉。

白发背影远，何惜湿裳衣。

天公感此意，逐云送晴晖。

己亥春父母由深返乡

别家栖住久，忽起旅人情。

归期既已定，意绪何相萦。

橐囊紧收拾，音讯传古荆。

辗转思前途，未晓唤声声。

提携殷勤语，挥手望远行。

飞车驱向北，牵肠绕去程。

南国淑景秀，楚地朔风迎。

连雨行不易，寒气扑前楹。

天公知我意，悯老赐新晴。

戊戌正月离家

朝云笼烟树，清露湿车辙。

小住情正酣，今朝又将别。

老父语殷殷，慈母情切切。

昔年身朗健，青鬓忽飞雪。

冬葵初发芽，未及亲手折。

啾啾梁上燕，待哺争啭舌。

辞家十几载，少承膝下悦。

晓风扶杖藜，复回待佳节。

人去屋角空，旦夕守孤子。

山路转不见，垂首自呜咽。

黄果树瀑布游记

晨兴驱车往，薄暗雨阴浓。

石苔闲野径，晴翠横远峰。

梦里千百度，今朝不期逢。

满目人济济，独我意颙颙。

凭空泻珠玉，绝壁悬飞龙。

拼尽千钧力，一落任横纵。

天高声尤壮，地险势愈汹。

长啸震寰宇，浩气荡心胸。

诗思飞星汉，九霄觅游踪。

若得神禹在，万灵莫辞从。

亲揽流云辔，松壑鼓金镛。

义马赞

腾凌谁家驹？气宇独轩然。

悠闲踏霜月，旷野缓著鞭。

忽焉风雷动，平地起硝烟。

追随家主往，奋起勇争先。

主人身战死，哀哀亦自怜。

不意入贼手，竟夜难成眠。

饲食为之拒，骑乘为之颠。

但求殉君死，相伴在九泉。

弃之于道侧，寒鸣响山川。

悠悠气萎绝，游魂犹呜咽。

生死何所惧，千载怀遗烈。

注：道光辛丑（1841）年，英兵入侵广州，都督陈连升战死于珠江口沙角炮台，坐马为英军所得，饲之不食，骑之力拒。弃之，悲鸣而死。

词

江南春

波浩渺，草萋萋。边村烟柳醉，田畔豆苗肥。牛铃声近斜阳染，庭院花阴闲数鸡。

巫山一段云

连日阴阴雨，轻寒浸素衣。湘江南去桂林西，望断水之湄。

飞燕携春去，荼蘼恼别离。青山浮面晓烟霏，隐约鹧鸪啼。

青衫湿

莫愁湖影荷边月，曾照玉栏斜。游船依泊，经年岸渚，雪里梅花。

暗香浮动，夕阳也醉，暮树烟霞。梦中荆楚，青春何处，人在天涯。

沁园春·深圳河

牛岭清泉，满载茶香，挟得绿来。看飞珠溅玉，紫荆弄蕊，柳丝凝碧，罗带新裁。锦渡归帆，渔舟唱晚，何处虹霓映阁台。琼钩卷，任流波漾楫，梦影幽涯。

梧桐翠岫苍苔。更雨露轻风无点埃。有衡阳旅雁，迷途蓼渚，客闲红树，无限情怀。潮信盈虚，润滋粤港，两岸韶光竞美哉。鲲鹏起，恰金秋湾畔，海阔天开。

踏莎行

记同事周老师儿子赴英留学。

南浦回眸，英伦远渡。临行殷切离乡路。深情眷昒细叮咛，一番嗟慨牵离绪。

故土难离，天涯何惧。男儿莫为愁羁旅。流年休负好青春，东风浩荡鹏飞举。

蝶恋花

帘外繁荫莺语乱。晨露清风，睡起梳妆懒。镜里华年偷暗转。微霜渐把青丝换。

疏理弦筝云水远。陌上花开，折柳青青岸。翠袖笼香江色晚。兰舟载得斜阳满。

齐天乐·己亥重阳

岭南千里潇湘路。登高又思慈母。冷露丹萸，荒丘野外，三载长眠幽土。深情怎诉。忆佳节将临，沐风穿雨。晓夜驱车，夜寒星斗照归旅。

鸿鹄又栖岸渚。问伊谁梦里，秋水春浦。拄杖依门，青眸望远，鬓影斜阳薄暮。纷纭意绪。正篱落灯明，合家儿女。笑语喧然，眼前犹记取。

菩萨蛮

紫荆曾与春风约，绿杨陌上匆如昨。执手话禊期，此行来未迟。

西风秋柳瘦，爽气飘窗牖。何事最关情？露葵生满庭。

清平乐

狂风乱卷，触目珠帘乱。野径无声人迹断，偶见悠悠独伞。

谁家翁媪当楼，银霜暗自盈头。慢道湘江细语，听来一味温柔。

忆余杭

闲步河堤，绿树清波相映画。时三两只雀儿飞，草际野红稀。

笑声疏淡西风里，白鹭一行乍惊起。别来何处数归帆，玉露正秋寒。

下编·第三卷

祁烽诗歌

绝句

蛱蝶

枉度三生劫，犹存一片痴。（王海兴）
几多花蛱蝶，扑扑欲何之？（祁烽）

暮春

一半花开一半飞，只今尘世竟何归？（王海兴）
夜来幽梦乘桴去，吾辈蓬莱但采薇。（祁烽）

落红

绿肥红瘦最伤神，花下低徊叹息人。
长恨春风偏取去，不留香色与根尘。

岸望

日煦风和波潋潋，春心萌动欲侬知。
娇羞临镜梳妆早，却恼郎君岸望痴。

迷津

随云踽踽茫茫路，傍水夭夭树树桃。

欲问迷津渔与牧，烟岚云岫隐闻猱。

正月十五于夏都观社火

元夕孤身客夏都，如龙社火阻长衢。

孟春塞上花难觅，幸有冰轮与玉壶。

小区即景

紫荆一朵栅墙开，小径微斜黯绿苔。

云锦多情秋雨织，斜阳不语破将来。

律诗

为儿作生日寄意

束发去秋迟，成童舞象时。

冥鸿游世界，斥鷃戏藩篱。

酷暑祁寒览，朝经暮史披。

十年磨一剑，霜刃有谁疑？

秋谒五台

秋日五台里，随缘一谒思。

婆娑呈法要，菩萨布慈悲。

三昧十方界，文殊诸佛师。

冤亲同摄受，感应得真知。

雪天

帝乡天欲雪，寒气朔方吹。

柳絮因风起，梅花坐雨欹。

稗莠皆槁悴，松竹独葳蕤。

羡此生生意，闲窗偶得诗。

咏梅

萼秀寒三友，东君第一枝。

形香偏瘦暗，色韵爱红奇。

细雨江南遇，清溪岭北离。

林逋先我娶，郁郁半成痴。

夜雪初霁登黄山感怀

雪霁楚天遥，黔山木叶萧。

云蒸千里嶂，霞蔚万重潮。

年老思归隐，愁多羡牧樵。

桃源花已谢，无令瘦松凋。

闽地行恭次钱考功《送僧归日本》韵

季夏携妻子，匆匆闽地行。

同窗情义重，异姓孔方轻。

东海观初日，南山闻磬声。

别前慈母泪，絮语至天明。

除夜赠容川

容川贤者德，嫉恶古人心。
妙笔生花早，鸿儒授业深。
十年桃李径，一世剑琴音。
除夜春风沐，诗词自在吟。

戊戌除夜次东坡《和董传留别》韵劝儿力学

人言一苇渡无涯，惜取青春好岁华。
厌学莫邪磨宝剑，讵随吴氏折樨花？
意坚有计收心马，手巧无愁制象车。
弘毅从来因道远，似磋如切忌涂鸦。

放榜日示祁晟儿

东堂金榜梦成真，仲夏炎炎胜却春。
一日逍遥鸾凤翥，十年枯槁切磋辛。
蓬莱醽醁休贪醉，江海风波记问津。
行止穷通唯本志，一生忧世爱民人。

岁阑寓怀

身居陋巷爱幽兰，弹铗人间行路难。

灯暗犹能照泪目，身宽唯有舍猪肝。

返乡事母乾坤大，守岁围炉霜雪寒。

独恨孝心未得报，京华羁旅寝难安。

欣闻恩师伞寿口占一律以介眉寿

虽别庠门情分存，微躯碌碌寡通言。

杖朝师长增新岁，遍地门生感旧恩。

且喜一堂开寿宴，更期九秩举金樽。

殷殷互道多珍重，举手劳劳泪已奔。

寄同窗

卜居北地多年，忽惊闻吾之江南水乡，半年内绝少有雨，居民用水竟至于定时供应之境地。感慨良多，为之竟夕不寐。

数行秋雁穿冰镜，鲈脍莼羹怨北风。

羁旅多年真泛梗，漂泊几地似飞蓬。

梦中尚有湖千顷，眼里都无水半盅。

柳岸田家何处是，扁舟一叶滞桥东。

重逢

同窗一别江湖远，日日离情寄梦乡。
绅缙还看巾帼辈，贾商疑是丈夫疆。
朱唇粉面辉明月，白发苍颜黯夕阳。
莫叹华年东逝水，黄昏正好纳清凉。

赠内子

不信贤妻四秩多，光阴荏苒掷如梭。
安贫食饮同颜子，乐道思维荐老罗。
教子立身须远大，劝夫律己应严苛。
相濡以沫衡门下，不泣牛衣我作歌。

无题

非花非雾总朦朦，谁遣阴霾锁帝城？
瞻望难舒千里目，暗昏不见万家灯。
诗书自适岂无志，鸥鹭相亲应有盟。
频梦五湖寻范蠡，樽前水秀远山青。

词

醉花阴·山雨如烟风满袖

乙未之年，甲申望日。适同窗毕业卅载重聚，会于永泰青云山，某生属余赋词以记之。

山雨如烟风满袖，望去年华骤。长忆两春秋，卅载离别，梦里容颜旧。

晨光缕缕松间透，把酒长亭右。聚散付阳关，拍遍阑干，惆怅骊歌奏。

下编·第四卷

王海兴诗歌

绝句

读仓央嘉措诗

古卷青灯寂寞行，罗衣凝露露成冰。

世间安得无上法，不负如来不负卿。

禅境

空向莲花证四禅，此心何处不悠然。

蓁芜落尽观台镜，云在平湖月在天。

秋雨

雨打芭蕉叶未黄，亭台不日满秋霜。

莲花落落菊花笑，岁序从来不商量。

晨起赴什刹海书院，此地旧多王府

衣冠谁忆旧时容？小院依稀王谢宫。

自是秋花愁寂寞，隔墙遥送一枝红。

残月

圆出韵不改

人逢惨怛每呼天，天若愁时复何言？
设使天无别样苦，应将明月夜夜圆。

北戴河海滨夜坐

谁掣天河倾碧空，吞云吐曜气难平。
奔雷走马千层雪，混沌中开大光明。

忆昔

奔波渐染缁尘色，猛忆儿时山水青。
小院斜飞归雨燕，葡萄蔓下数流萤。

山鬼

销魂独忆木兰舟，影向潇湘碧水流。
劫历千年心眼在，为谁一日一凝眸。

名利

名利贪嗔两破难，几人无梦到长安。

如何俗念都删却，坐对天心月一丸。

辛未冬经什刹海

几片莲茎映玉阑，东风不日起凋残。

陂塘一段枯荣事，都付游鱼冷眼看。

除夕

碌碌虫吟竟底忙？一灯如雪夜初长。

明朝又是明年事，故取残更细细量！

教师节

今日午餐，每人获一桃一李，寓桃李满天下之意。因思谋食庠序忽忽十年矣，发未白而皱纹生，齿未落而目昏眵。桃李千株，或为痴梦，书生一介，岂是虚言，口占一绝，自嘲自警。

桃李千株洵是梦，布衣十载未谀人。

课余只向书城坐，读取心头一片真！

中年

屯邅世路千杯酒，奔走平生数两钱。

偶向吟笺书斜草，无忧无乐过中年。

兴义讲学转道贵阳二首

赴黔讲学，初有航班取消，而转机贵阳，又逢延误，待转航班已发。至贵阳后乃赁车前去，驱驰数百里，时值中夜，苍茫中可见群山绵宕，不逾时，忽有骤雨，击窗砰然，后遘浓雾，不可识物，东坡云"兹游奇绝"，信然。

其一

抟扶直上夜郎东，暑气尘霾一例空。

知我京华疲倦客，一峰迎过复一峰。

其二

断线飞珠夜有声，一舆踽踽叶飞轻。

连天蜃气灯如墨，行到中年已不惊。

同魏敏女史、杜鹏处士夜坐

魏姊高情关黉业，杜君深义世同痴。

一杯白堕肝肠热，坐话青山月落时。

梦

迷离世事频经眼，一点灵台不染尘。

白发纵添今日鬓，梦回犹是少年身。

云南苍山感通寺

青山一脉走龙蛇，亘古苍茫云雾遮。

寺老僧昏无客到，满庭苔色落藤花。

云南洱海

洱海，得天地形胜之气，荡胸涤襟，御者曰古多渔者往来，后王侯大贾及倡优舞者多筑室岸岛，广厦连云，文轩映水，亦国朝一景。

苍山连海自无涯，鸥鸟斜飞逐浪花。

渔叟前年山上住，祖居新作五侯家。

大理

大理古城，旧为南诏大理，以远离中州，战火多未能及，铁马西风，将士虫沙，终不抵一庭清阴，满院茶花。

铁骑中州咽暮笳，遗民流徙类虫沙。

唐风宋雨斑斓里，不胜一庭茶树花。

悔

百年心事谁为主？一刹浮生过眼人。

幽意翻成无量劫，莲花台下照沉沦。

除夕作

漏尽更消别旧时，余寒犹苦困霜姿。

春雷隐隐溪山里，已发梅花第一枝。

为亲戚事乞人

依人俯仰剧堪悲，寸寸心肝走风雷。

长铗膝前抛置久，为君弹却又千回。

与诸生延庆军训八首选二

其一

稚子而今当问母，阿爷何日可归来。

吾儿小照贴心置，但得闲暇百次开。

其二

左右西东转复停，几人烽火惯曾经？

惊天口号江涛起，大勇从来不作声。

与诸生延庆军训又四首

其一
临霜木叶凝黄薄，带雨微云暗远山。
此地何如灯市口？才言复罢泪潸潸。

其二
未有山珍未有鱼，积年娇气半成虚。
原来淡饭含真味，愧我十年辜负渠。

其三
娇儿一去母担心，别样情怀海似深。
检视衣衾愁旦暮，山中见道雨涔涔。

其四
叱咤号呼势若雷，秋风秋雨两相摧。
阿爷思父父思子，一日飞鸿望几回。

贪嗔

三十年来一梦痴，看花欲上最高枝。

高楼行到无行处，风物原来似旧时。

春

不读诗书不坐禅，迂疏无补亦心安。

四时独爱春光好，美女名花相映看。

旧稿

秋气侵人岁亦侵，霜华苦向鬓边寻。

诗笺数纸留前日，半是年来寂寞心。

诵经

糊出韵不改

鸿影欸然忆往初，关山履迹竟模糊。

萧斋兀坐茶烟冷，阅尽楞严十种书。

九月二十七夜雨还家口占

明灭街衢雨意殷，匆匆行客往来频。
轩车蹇步真南北，一样红朝两样人。

偶逢

萍水江湖入眼新，狂狷略似感沉沦。
青衫一别无踪迹，我亦东西南北人。

中秋

小院池亭迤逦开，呼朋酌酒上高台。
桂枝斫却吴刚斧，尽放清光入盏来。

夜坐

天心皓月冷窥人，夜气阴晴看未真。
世界三千如走马，此生合是幻中身。

物价

米价长安日日新，舌耕差可慰清贫。

赁租交罢交房贷，最喜囊中剩几文。

京城国际会议

廿年世事感沉沦，弹指京华又一春。
花色终如昨日好，花前轩冕更何人。

读史

劫灰末世数红羊，赤旆纷纶掩大荒。
清骨千砧成妩媚，竞调脂粉试新妆。

科举

海内人才代未空，伊谁放眼入鸿蒙。
慈恩塔上题名客，半是苍颜白发翁。

和乃景兄时鲁地大雪

莫对棋枰莫煮茶，清吟舒啸且离家。
江南欲寄梅归早，诗思催开万树花。

读李商隐集

匹马天涯玉唾红，多情偃蹇语朦胧？
人间惆怅无非是，昨夜星辰昨夜风。

岁末偶得

惧老笑言犹今岁，看花且喜近明年。
寻常日出寻常落，一到年终便觉难。

邹城三首选二

其一

茫茫烟树走东西，路转山河志未迷。
魏阙齐宫连秦火，已开枝派到濂溪。

其二

大道行仁亘古难，每从青史喟民残。
仲尼陈蔡邹城叟，例付愚氓一笑看。

大理张家大院

翠树清波隐画阑，百年高第俨衣冠。

谢家苗裔今何在？例付倾巢掌故看。

华清池

一曲霓裳看未休，长生殿里话绸缪。

马嵬尘掩香魂血，纵是君王不自由。

观棋

一角棋枰蹀血争，谁将运命判分明。

怜如珠玉抛如土，国手从来轻死生。

己亥杂感

载酒途穷酹大荒，长空坠月万星狂。

朔风才去秋风到，七十年来梦一场。

午睡

不坐书城不坐禅，九经三藏渺如烟。

子云投阁空王死，好个疏狂边孝先。

世途

鲁叟乘桴海未平，武陵一去误桃英。

天高地阔容身侧，听取风檐夜雨声。

律诗

赠徐健顺教授

古调何人爱？逢君始不孤。

传经天下事，守正圣人徒。

未解箪瓢苦，偏忧岁月徂。

阳和明日是，翠叶满庭梧。

逢秋

木叶犹怜夏，京华忽已秋。

风云天北圻，岁月海西流。

谋稻元他计，伤时岂自谋。

简书存旧箧，一阅灼双眸！

自省

黑发经年少，奇闻逐日多。

逢人称是也，临事问如何。

深悟南华意，休吟北地歌。

人生真一梦，且放等闲过。

感怀

世事深如海，浮槎每欲倾。

苍凉思白也，落寞感金声。

大梦槐阴老，宏图荒草平。

严陵春寂寂，渔唱起三更。

感怀二首

其一

远树含烟立，长云带雨过。

怡神知若此，处世慨如何。

侠骨千年少，痴情一念多。

荆轲时自咏，字字不堪磨。

其二

远树涵轻雾，微云天际过。

澄怀知若此，处世慨如何。

尘梦十年冷，痴情一念多。

停云久不咏，字字认消磨。

自醒

世路嗟谁共，清狂奈尔何。

云山鸥鹤远，简册墨痕多。

谈古丰城剑，伤今楚地歌。

一枝君且惜，平陆有风波！

夜不寐

大梦谁凿破，寒凉共此生。

灯昏摇树影，夜静吼车声。

有意黄粱老，多情白眼横。

何人知此意，杳杳数鸦鸣。

游西山

偶值悠然日，驱车作远游。

溪清流古韵，絮白舞芳洲。

童子欣何遇？林岩静我留。

同行三两客，相对语声柔。

岁暮

天马驭羲和，尘间岁又过。

千林飞木叶，一雁度冰河。

道古行人少，时宜贾客多。

凭轩当此际，孰叹五噫歌。

清西陵

西陵春又至，古柏气峥嵘。

朱门余彩绘，紫阙萃雕甍。

跃马惊风雨，题诗拟古声。

绵绵三百岁，功过竟何成？

记梦

四望沧冥合，彤云卷复回。

归巢千只鸟，接地一声雷。

爽气生松牖，狂歌落酒杯。

浮生春梦里，白发莫相催。

而立作

久作逍遥客，宁知悲与欣。

肠枯书有味，眼瘦女如云。

逝水流年暗，惊霜入鬓纷。

恍然蕉下鹿，为我抑为君。

肩痛夜不能寐

永夜愁难度，肩疼意转加。

微躯侵晓月，枯木冷冰花。

忆友恒关酒，惊眠何必茶。

春雷犹未动，今日属龙蛇。

自注：龙蛇，指辰年和巳年。古代以为凶岁。

211

贺西安市吟诵学会肇建十九韵

万丈终南麓，重门扼两川。

别岐趋圣地，布令骋群贤。

礼乐开鸿业，德音步武弦。

妖氛千尺血，玉楮一朝烟。

大野龙蛇蛰，长津獭獝联。

旌麾来楚域，风骨动幽燕。

青史舒忠愤，苍头草太玄。

六朝空尔尔，驷马止翩翩。

金石孤桐响，德星百代宣。

灞桥梅雪里，海塞雁云边。

气厌周秦韵，思飞李杜篇。

翕张吞宇宙，啸傲馥兰荃。

不谓兵戈起，宁知陵谷迁。

谯楼存旧壁，骚雅忆何年。

禹穴寻精义，谢家承逸编。

留连资秀士，吟咏属前缘。

浩露飘黄圃，清商绽白莲。

庶堪酬屈子，或可吊苏仙。

文盛山河润，三秦道灿然。

情

万事佛言终一空，痴情独有悟难通。

心驰软玉温香外，才尽回肠荡气中。

紫玉烟消贻永恨，红枫叶落写深踪。

人间信有心如铁，刻取相思迹略同。

读汪容甫《经淮南旧苑吊马守真文序》

天涯书剑人轻老，弹指频惊春梦空。

几树风前花寂寞，三更江上月朦胧。

文章浪许潘郎好，世路何如阮途穷。

隔世金环君记否？荣期虽异命多同。

从教七载戏作

阑出韵不改

弄齿摇舌月复年，谈仁说义渺云烟。

庭前野树接芳草，井底嗔蛙唱野蝉。

墨笔因持衣半浣，朱颜不驻酒多阑。

书生毕竟成何事？点检行囊诗万篇。

情怨

锦袖香消玉蜡红，十年心事雪泥踪。

星辰昨夜如今夜，客貌新容换旧容。

蒲柳零衰天未暖，精魂摇荡露方浓。

从教劫火煎枯骨，混沌翻时莫再逢。

四月八日夜读史

役役功名恨未休，春风不绿少年头。

衣冠六代堂前燕，歌舞三秦岭上楸。

鹏集长沙神鬼泣，恩加白帝古今愁。

严滩明月东篱酒，笑傲咸阳季子裘。

感愤

凤蛰枭腾大野间，溟蒙天地走狂澜。

山河故故衣冠改，书剑沉沉肝胆寒。

挽日徒挥戈欲碎，闻鸡端待夜将阑。

逍遥最是林中叟，例坐枯枰一角看。

庚寅国庆明志兼赠内子

岁岁哀人复自哀,佳人空瘦剑空埋。

捉襟愧我横青眼,解语怜君赠玉钗。

覆瓿文章寒夜索,凌云志气浊醪排。

蒸藜食鳜皆天命,何事香车拜御街?

迷途

一段天真何处寻?乾坤牢落不吹云。

江山到眼萍来去,利禄经心水聚分。

兰若空悲幽谷远,精魂端为冷香焚。

星垂四野天声唱,击破钟鱼竟未闻。

生死

堪笑随锹死即埋,浮生一叶一尘埃。

犹从清露窥莲影,已自寒潮浸碧苔。

嘘气盈虚奔野马,适情游驻绽兰槐。

昆仑只在回眸处,八骏追风何日来?

雨夜

平生应忏骨玲珑，又是京华细雨中。

薄雾前尘看未彻，春愁此日坐多同。

消磨肝胆天卑仄，凌烁音容烛怒红。

古剑长箫依旧在，添香点墨注鱼虫。

和徐健顺教授

三两行人三两星，此身虽在总难惊。

生涯且共红尘老，傲骨犹从白眼横。

窗外云山森露气，尊前诗句起秋声。

十年萍迹今南越，大梦神州何日醒？

（附徐教授原玉）

半月当空寥落星，秋风吹叶总心惊。

残花对酒三人劝，黥面投军万目横。

玉雪谁知身后事，瑶琴每是断前声。

今宵一伴寒蛩去，梦在金沙江畔醒。

黄仲则

杯酒何曾入口温，云山满目最销魂。

萍浮一世无春水，缘结三生有泪痕。
草木犹期沾雨露，诗文安敢问乾坤。
只今霜白风清夜，泣血冤禽处处村。

杂感

悲秋何必笑多情，偃蹇诗心夜夜鸣。
瘦指援琴琴欲碎，雄文脍酒酒如倾。
拈花证果群魔舞，论道谈禅百恨生。
六合苍茫浑不语，江山草木也知名。

吴嘉纪

诗到穷时诗便工，漏轩风景自从容。
穿堂雨脚蜗边字，抵袖花香饭后钟。
冷眼非关天作孽，枯肠都付夜鸣蛩。
豪情一点将残墨，写出门前万壑松。

与内子

一片诗心入世疏，怜她青眼累何如？
轻狂人到沾泥絮，偃蹇书成瘦蠹鱼。

倦客马卿真似我，侯门楚鬈定非渠。

何时搴袖春风里，共看烟云卷复舒。

四月二十日京城小雨，复闻山东毒豆芽、温州有色馒头诸事

百转么弦绕室哀，幽笈半寸走风雷。

曾知震旦春华至，正是伭冥黑雨来。

万岭无言神女泪，京民失忆孽龙开。

回首苍茫鸥鸟笑，蓬蒿吹上柏梁台。

读汪中《经淮南旧苑吊马守真文序》并思盼盼事

志士不遇，美人迟暮，此世间之良可痛者也。故汪容甫之"如黄祖之腹中，在本初之弦上"，东坡之"燕子楼空，佳人何在？空锁楼中燕"，皆令人恻然，感赋。

燕子楼中燕去留，西风吹白美人头。

花飞锦瑟三更雨，梦断瑶窗一叶秋。

有意丹青图玉影，无心简牍着渊谋。

数声笛逝山阳远，落日寒烟鹦鹉洲。

218

监考戏作

悔将诗赋学陈琳，有限年光日日侵。

立足何须分白马，登阶必定是黄金。

逢迎趋拜真经济，颠笑清狂假热忱。

向秀空吟闻笛赋，广陵散绝嵇康琴。

自勉

何意浮生系百端，京华小别又秋寒。

琼台望处烟尘冷，鹤梦来时天地宽。

流水十年心半澈，征程万里夜多阑。

前贤较我知谁苦？未许轻歌行路难。

读书

廿年侠骨半消磨，悔向长天发浩歌。

酒兴渐缘诗力退，豪情偶傍俸钱多。

麟经旨奥持消岁，世路渊深惧有波。

优游梦入云山老，任尔红尘幻几何。

贵州兴义山行口占

待遣无聊赴远山，连云秋色莽无边。

归鸦数点融残照，飞瀑千寻入晚烟。

高下难逃天与地，死生终坠月和年。

逍遥此意何人会？一诵斯篇一怅然。

悼金庸先生

八部龙吟飞雪清，西风白马夜悲鸣。

恩仇碧血传千古，书剑红尘感众生。

逐鹿连城空吊影，倚天入海久藏形。

江湖笑傲今绝响，惆怅人间侠客行。

过西安慈恩寺口号

奔波何处消尘虑，小驻长安作此游。

芳草庭微喧野客，斑痕塔老困重楼。

风仪岑杜伤时远，气象周唐阅世休。

莫诵空王无漏法，空王到此亦白头。

补记：大慈恩寺，法相唯识宗祖庭，昔玄奘远绍如来，归中土后，传法译经于此。是寺殚土木之功，穷造形之巧，僧房楼观，千八百间，雕梁粉壁，青琐绮疏，难得而言。栝柏椿松，扶疏檐溜；蒹竹香草，布护阶墀。中有雁塔，塔凡七层，高百尺，竿临天宫，诚伟构也。岑嘉州、杜子美，高达夫诸子尝登临有作。今古刹湮灭无存，唯一塔嘿嘿，阅历古今。白乐天云所谓"彼此皆儿戏，须臾即色空"，诚是也。

病中作

未到中年百病欺，行吟坐卧欲何之？

蕉经覆后应无鹿，人到穷时更有诗。

顾影移灯怜瘦弱，搜书陈箧是顽痴。

相生相谢堂前月，阅尽枯荣不暂离。

京城遇雨并步徐健顺老师四韵

永夜京华几处灯，惯将心事付书城。

百年家国唯余梦，一统江湖不见风。

躞电光阴摧海色，经天勋业付文锋。

西山雷起金鸡唱，惊破重霾是此声。

秋夜新韵
（徐健顺老师原韵）

落笔无言对小灯，雾霾依旧压京城。

行人无迹自酣梦，杏叶未黄已待风。

填海自来当神话，倚天不出笑争锋。

转身且去寻秋被，听取心头一片声。

岁末

流光无计赇羲和，岁晚临轩一慨歌。

莽荡山河烟里看，沉沦块垒酒中磨。

拏云铁骨东洲少，走马金丸西海多。

欲向苍冥占国运，九重城阙涌寒波。

读史
间出韵不改

前贤遗迹付寒烟，楮墨无声坐黯然。

亘古王侯恩怨里，由来勋业是非间。

一心耽碎天难老，三径归来月不圆。

载酒穷途题柱客，征尘谁忆北游篇？

感怀

拏云心事忆曾经，燕市狂歌气不平。

极目重峦天远大，放怀孤棹海澄清。

十年风雪白司马，一梦尘寰阮步兵。

稚子寻书呼父读，可知诗赋误平生？

入职四年

四载都如一梦中，畸民谁与话渊冲？

已知沧海能扬土，不道杯蛇可化弓。

道里长逢青白眼，人情偶变北南风。

剧怜鹦鹉洲边客，误把曹刘认两雄。

儒生

一日书生百事疏，人间有梦是痴儒。

空谈义利蜗为舍，自刺心魂血作书。

扬子文章投阁日，康成经术杜门初。

圣贤且共虫鱼老，我辈他年复何如？

伤时

浮生长寄帝城东，兰芷艾萧看略同。

紫陌珂鸣谁走马，红羊劫畏我雕虫。

鸾旗变幻千年赤，槐梦贪嗔一笑空。

也欲乘槎江海去，载归秋月与春风。

逢秋

秋色如刀眼欲穿，燕京风物忆从前。

迷离世事何如酒，驽钝情怀不解禅。

感愤空吟平子赋，伤时犹待祖生鞭。

中年痴气真无敌，斗室风雷寸寸笺。

教材编写初成远眺

侠骨消磨数载中，只今凭槛看西风。

浮云斜矗青天裂，永夜无穷大梦空。

问道原知仙有恨，伤时真悔气如虹。

由来世事深如海，书剑千年落寞同！

登楼

地縶川羁草木囚，白衣塞北又登楼。

暂凭浊酒销惆怅，又送浮云到眼眸。

世难非关天意变，时危且放岁华流。

书生报国知何似，日暮啼鹃正未休！

古体诗

清明

君自何方来，复因何事死？
穷达殊天壤，寿夭同归此。
儿女乍含悲，明日笙歌起。
年年春草生，凭吊数张纸。

与幼子二十四韵

稚子方三岁，烂漫且天真。
学父偶吟诗，嬉余视书珍。
诗文多可诵，时言世理新。
人或惊之者，信是读书身。
读书知何济？学者多苦辛。
目穷数万卷，贫贱气逡巡。
君子固守此，愧赧负双亲。
蜗居书满室，左右难兀伸。
兀伸犹细故，涸辙可容鳞。
一日肠九转，寤寐忧思频。
鸿羽微薄命，胸怀国与民。

览时增凄恻，悲来叩苍旻。

苍旻孰为主，运命各有因。

君看食肉者，车马扬轻尘。

志士头空白，时人大笑嗔。

徒歌先师训，忧道不忧贫。

嗟乎识字始，百年堕沉沦。

时弹膝前铗，空抚无弦琴。

于国无良计，于家乏米银。

浮生一至此，不肖已无垠。

吾子年尚幼，明途为尔陈。

圣贤书可束，但学一技纯。

勉力丰食给，达观以养神。

优游可卒岁，自是羲皇人。

谒龙潭湖袁督师庙

八月炎兵怒，驱车谒古堂。

寻踪转青木，遗迹认灰墙。

檐角蛛丝系，残碑龙马骧。

擎灯读未毕，双泪落浪浪。

忆昔坤维绝，铁肩君独扛。

冰花催骨裂，胡马接天长。

矢坠风雷急，戈挥月昏黄。

孤城淹碧血，野卉绽幽芳。

胡儿废干戚，徒叹雁南翔。

虎贲拍剑啸，大野立苍茫。

浮云天四塞，颓日冷无光。

京华轻薄子，啮骨争发囊。

由来轻富贵，何惜此皮囊！

所忧国祚尽，叹息绕肝肠。

黎庶终何济，左衽亦舒扬。

但得一餐足，事房复何妨？

堪怜三两士，惆怅古战场。

断箭含幽碧，边风恣意狂。

河山留旧貌，大树已云亡。

殒涕青衫湿，悲歌向大荒。

我今寥落客，舌耕谋稻粱。

夜夜读青史，齿发慨且慷。

天地浩然气，沾溉岂无方？

吾子年尚幼，执手顾仓皇。

问予此何地，逼仄太凄凉。

徘徊久不语，心境满秋霜。

227

记梦

夜入华胥国，意如天马驰。

老蛟逐波舞，新木耸如尸。

激风泣幽穴，置网布川坻。

升高欲远望，未至足力疲。

窅窕行忽却，盘旋出复疑。

怅坐虬藤下，斑驳读残碑。

鸟篆何年事？牢愁过楚词。

獏㺢据途路，正气无孑遗。

乌蟾沦碧海，天地无明时。

大圣犹不遇，小子安足悲。

成败数张纸，千载一局棋。

何如五柳客，临风唱旧诗。

中夜骤雨歌

战鼓铮钹塞马惊，重云浪卷压幽并。

共工一怒银河裂，万丈高天水倒倾。

斁觫羲和鞭寸断，六龙遁逸甲不明。

洪炉淬炼干将铁，电火纷披气纵横。

蚁穴山窟成泽国，沧茫万里接秦越。

兽铤东西苦立锥，嘶号力尽仆地蹶。

228

华堂紫木娇珍雀，婉转歌喉清幽发。
百尺高楼舒翠羽，曾知地坼同将没。
神州自古几陆沉，姣雀虫鲵力谁禁？
浚川决渎情何苦，三载中原成沃土。
举世滔滔噬桀溺，此心辉照足千古。
名寿焉可熊鱼得，但有英名同李杜。
首可抛兮志不夺，浩然塞空孰堪侮！
只今豪杰多枯落，朱门富贾畏如虎。
震旦百年千万劫，黎民泪如今夜雨。

敦煌莫高窟

属国车马过鸣沙，始知极塞更天涯。
梵音远自灵竺来，万卷空王粲落花。
落花点点满沙山，绚然巧手筑琅嬛。
倔佹瞿昙各异相，万尺千幅百窟间。
大者崔嵬山岳轻，小者沧海落浮萍。
含光霭云萦栋宇，六道三途信纵横。
五凉法式唐风绮，劫灰何日飙风起。
宝殿空余刀斧痕，金轮片片为倾圮。
菩提树下觉众生，如来无乃太多情。
千劫历尽佛陀老，群氓依旧属群氓。

月牙泉

戊戌六月十一，访鸣沙山月牙泉，水极浊浅，或言泉已涸于四十年前，今日之水乃湖底导水管为之。予感慨唏嘘，久不能去。

唐书汉简闻名久，快意今朝作此游。

百丈黄沙平地起，一弯清浅灼双眸。

忆昔海阔逾百顷，艨艟恣意摇波影。

梵呗空天听铁背，远涉胡驼入梦冷。

赤日南来妖气洇，移山炙海态全新。

疏勒长河扼石锁，恶龙汲水月华沦。

坤元精蕴倏然绝，灵物七星呴涸辙。

天地岂其真无情，回视蚩氓应不屑。

我闻君名来东方，感君清波万载长。

清波已死山犹立，踟蹰唏嘘对茫茫。

词

临江仙·马航空难

廿日归程成永路，魂兮阻断涛声。明明孤月一天横。照人憔悴久，霜雪满头盈。

为问天公清瘦否？等闲别聚苍生。百年禁得几离情。倩谁沧海去，杯酒祭冥冥。

清平乐·春归

残花粘絮，燕子飞来去。寂寞窗前无一语，总是无聊情绪。

帘外夜雨潇潇，帘内烛影飘摇。独坐年年此际，心形篆字香烧。

浪淘沙

荷影黯陂塘。叶底清商。斜阳空照柳丝长。自是韶华留不住，一片秋光。

单袷起新凉。小径尘香。多情孰解桂花黄？薄暮萧萧车似水，知为谁忙？

金缕曲·悼青岛林打打女士

梅蕊摧冰雪。恨茫茫、天公随意，安排离别。知此浮生原一梦，早识月圆月缺。只幼子，寻亲声切。回首九原应满泪，洒寒灰，点点都成血。无限意，共谁说。

平生肝胆因君热。问红尘、几人泣下，几人如铁。信是多情真吾辈，何必左羊相结。空唱彻，惊秋鹍鴂。素帛堪传心事远，谱新词，谁付君评阅。笔落处，风幽咽。

浣溪沙·国庆菊花遍地

哀乐逾人触百端，欲除忧患转冥顽，丹铅经卷度华年。闻道东篱秋正好，偶开倦眼觑人间，可怜尽作洛花看。

浣溪沙·车上民工

南北驱驰雨露侵，生涯百口一肩任。吴侬粤语入乡音。海内奇闻谈晏晏，家中细故泪涔涔，此生最苦是归心。

临江仙·猪年春节口占

大愿唯求肠肚满，栖身不避泥中，三餐食罢睡朦胧。养生无上法，遁世阿兰宫。

见道齐侯惊堕履，奇闻更数辽东。青词数纸衣朱红。轮回六道里，应耻与人同。

阮郎归·思东昌诸友

凤城秋老白衣寒，无计倚阑干。落花缓缓水潺潺，日日向谁边？

鸿雁远，角声残，一梅寄何难！年年共酒醉篱边，今朝独自眠。

卜算子·别一班、四班诸生

霜重月凄小，竹冷梅花瘦。寂寞西风又一年，万事成苍狗。

昨日送君归，今日长亭酒。最苦人间是别离，折尽门前柳。

临江仙·夜不寐

眸子封存黑色，枕头忘却黄粱。冥然帘隙透微光。辙声依约里，有客正奔忙。

几处纠缠思绪，何人辗转风霜？不关温热与寒凉。今宵何必梦，大梦已多场！

后记

这部诗集得以问世，首先要感谢曾在景山学校读书的邹天一女士和我的教育师父凌杰老师。2019年10月，她来校看望自己的恩师凌杰，两人聊起我做诗教的事，凌老师嘱咐她帮助我出版这部作品，作为献给景山学校六十周年校庆的礼物，天一立刻就答应了。在诗歌已经淡出文学主流的今天，出版这样的作品不会有任何回报。但令人感动的是，天一一诺千金，短时间内就安排好了出版事宜。这真是君子之风，也让我看到了景山校友对母校的赤诚与热爱，他们的奉献精神，无私情怀，正是景山学校育人成果的生动体现。

时光回溯到2007年9月初，我初来景山学校报到，范禄燕校长给我们新入职的教师开会，鼓励我们要发扬景山教改精神，努力在学术上进行开拓，在理念上进行创新，不能满足于成为一个教书匠。

再后来，高级职称评选期间，在楼道遇到陈茹珊书记，她也鼓励我要放心、大胆去实践教学新理念，争取多出成果。

范校长退休后，邱悦校长接过了景山教改大旗，在多个场合、多次会议中，他都会强调景山精神，要求大家爱学生，勇于奉献，敢于担当；在教学中，不应满足于既往经验，而是要取长补短，再攀景山教改新高度。

虽然有了领导的鼓励，但在决定要推行诗教的时候，我内心仍然是忐忑的，学习作诗，会被多少人认为是不务正业啊！家长接受吗？领导允许吗？学生成绩会受影响吗？事后证明这些担忧都是多余的。家长鼓励孩子认真向我学习，同学们学习语文的劲头更足了。学校方面，得知学生们在学习创作旧体诗词的时候，邱校长多次提出表扬和鼓励。景山学校倡导八仙过海，各显神通，在我工作的第四个年头，我真真切切感受到了这一点。诗词集汇编完毕后，我向邱校长提出想成书的念头，他非常爽快地答应了。只要对学生有益的事，我们都去做，这才是真正的教育情怀。类似的鼓励、帮助过我的人还有很多，无论是周韫玉、魏尔玲、翟淑新、孙辅功等老先生，还是初中语文组的各位同事，以及教科所的袁立新主任、课外办的张凯主任……正是在大家的鼓励包容下，诗教实验才得以不断推进。

2015年，为了让诗教走出班级，影响更多学生，我牵头成立了景山学校学生社团——天籁诗社。

社长丁兆天、秘书长胡可寻，以及秦瑞仪、吕若晗、王承露、刘政佐、刁孟瑜等同学积极出谋划策，开会、拟定章程、宣传招新，忙得不亦乐乎。后来，在搜集诗词作品的过程中，丁兆天和胡可寻等人更是与同学挨个联系，不希望落下任何一名参与过的同学。现在诗社的主力已经变成李徐清、陈震坤等同学，他们也如学长们一样，做事尽心尽力。看着这些可爱而坚定的孩子，我觉得自己几年的付出都是值得的。

就这样，教室外的木兰花开了又谢，谢了又开，一转眼，从入职到现在，十年过去了，第一批参与诗教实验的学生有不少都已考入北京大学、清华大学等国内一流高校继续学习，而我也已从一个刚入职的小伙子变成了中青年教师，一些当年指导过、帮助过我的同事已经退休，在家含饴弄孙，安度晚年。然而，人渐老，情依旧。无论时间怎么流逝，在这片沃土上，只要教改的精神始终存在，对教育的热爱始终存在，学生的成长就不可限量。

孟子云："君子有三乐，而王天下不与存焉。父母俱存，兄弟无故，一乐也；仰不愧于天，俯不怍于人，二乐也；得天下英才而教育之，三乐也。"

谨以这段话鼓舞正在前行的自己和众多不计回报、甘于清贫、默默奉献的同仁。

王海兴

2019 年 10 月 20 日